KB002545

신기한 구름

신기한 구름

초판 1쇄 2021년 9월 10일 | 초판 2쇄 2022년 9월 10일
지은이 : 프랑수아즈 사강 | 옮긴이: 최정수 | 펴낸이 : 이나영 | 펴낸곳 : 북포레스트 | 등록 : 제 406-2018-000143호 | 주소 : (10871) 경기도 파주시 가재울로 96 | 전화 : (031) 941-1333
팩스 : (031) 941-1335 | 메일 : bookforest_@naver.com | 인스타그램: @_bookforest_
디자인 : 팔팔 | ISBN 979-11-969752-9-6 03860

신기한 구름

프랑수아즈 사강 지음
최정수 옮김

북포레스트

내 친구 필리프에게

차례

플로리다 …… 8

유예 …… 56

파리 …… 84

옮긴이의 말 …… 190

그대는 누구를 가장 사랑하는가, 수수께끼의 인간이여? 말해보라. 아버지, 어머니, 자매 혹은 형제?

– 저는 아버지도, 어머니도, 자매도, 형제도 없습니다.

– 친구들은?

– 그건 오늘날까지도 제가 그 뜻을 이해하지 못하는 단어입니다.

– 조국은?

– 저는 그것이 어느 위도 아래 위치하고 있는지 알지 못합니다.

– 아름다움은?

– 저는 여신과 불멸의 아름다움을 기꺼이 사랑합니다.

– 황금은?

– 당신이 신을 증오하듯 저는 그것을 증오합니다.

– 아! 그래서 그대는 누구를 사랑하는가, 비범한 이방인이여?

– 저는 구름을 사랑합니다……. 저 위로 흘러가는 구름을……. 저기 저…… 신기한 구름 말입니다!

샤를 보들레르, 〈이방인L'étranger〉

플로리다

* 1장 *

키라르고의 선명한 파란색 하늘에 맹그로브가 역광으로 검은 윤곽을 드러내고 있다. 메마르고 판에 박힌 그 형태는 나무를 연상시키기보다는 오히려 징그러운 곤충을 떠오르게 했다. 조제는 한숨을 내쉬고는 눈을 감았다. 지금 진짜 나무들은 멀리 있다. 특히 옛날의 포플러 나무, 집 근처 들판 가장자리에 홀로 서 있던 그 포플러 나무 말이다. 조제는 그 아래 누워서 나무줄기에 발을 뻗고 수백 개의 작은 나뭇잎이 함께 나부끼는 모습을 바라보곤 했었다. 나무 꼭대기에 달린 나뭇잎들은 바람에 흔들려 가냘프게 날아갈 것처럼 보였다. 그때 그녀가 몇 살이었지? 열네 살, 열다섯 살? 그녀는 나무에 기대어 양손으로 머리를 감싸고 우툴두툴한 껍질에 입을 댄 채 청춘의 불안 속에서, 미래에 대한 두려움과 자신감 속에서 스스로에게 약속들을 속삭이고 자신의 숨결을 호흡했다. 그때는 자기가 그 포플러 나무를 떠날 수 있다고는, 10년 뒤에 돌아와 그 나무가 둥치에 갈색 도끼 자국이 남은 채 바싹 베여 완전히 말라 있는 모습을 발견하게 될 거라고는 상상하지 못했다.

"무슨 생각 해?"

"나무 생각."

"무슨 나무?"

"당신은 그 나무를 몰라." 그녀가 웃음을 터뜨렸다.

"당연히 모르지."

그녀는 계속 눈을 감은 채로 앨런의 목소리에 자기를 불안하게 하는 어떤 어조가 있다는 걸 마음속으로 느꼈다.

"그건 포플러 나무였어, 나는 여덟 살이었고."

자신이 왜 추억 속에서 더 어려지는지 궁금했다. 아마도 시간상으로 멀어지면 앨런의 질투심이 몇 단계 줄어드는 느낌 때문인 것 같았다. 그렇다, 앨런도 여덟 살의 그녀에게 '넌 누구를 사랑해?'라고 물을 수는 없을 것이다.

침묵이 내려앉았다. 하지만 앨런은 깨어 있었고, 그녀는 그가 생각에 잠겨 있는 것을 알았다. 그녀의 부주의는 방금 전 신경을 곤두세우는 긴장 상태에 자리를 내준 뒤였다. 등을 받치고 있는 소파 천의 감촉이 느껴지고 땀방울이 목덜미를 타고 끊임없이 흘러내리는 것도 느껴졌다.

"당신은 왜 나랑 결혼했어?" 앨런이 물었다.

"당신을 사랑했으니까."

"지금은?"

"지금도 사랑하지."

"무엇 때문에?"

이것이 시작이었다. 이 세 가지 질문은 극장에서 공연의 시작을 알리는 세 번의 종소리와 같았다. 스스로 고통을 느끼기 전에 암암리에 관찰되는 일종의 관습 말이다.

"앨런. 지금은 아니야." 조제가 신음하듯 말했다.

"그럼 왜 나를 사랑했어?"

"난 당신이 침착한 미국인이라고 생각했어. 내가 수없이 당신한테 말했잖아. 그리고 당신이 잘생겼다고 생각했고."

"지금은?"

"당신이 침착하지 않은 미국인이라고 생각해. 그런데 여전히 잘생겼고."

"미국인들은 콤플렉스가 많아, 안 그래? 우리 엄마만 해도 돈밖에 모르잖아……."

"그래, 맞아. 나는 허상과 결혼했어. 당신 내가 이 말을 하길 바라는 거지?"

"당신이 날 사랑하길 바라지."

"사랑해."

"아니야."

'사람들이 돌아오면 좋겠어.' 조제는 생각했다. '빨리 돌아오면 좋겠어. 이런 더위에 낚이고 싶진 않아. 앨런은 과음을 하겠지. 과속 운전을 할 거고, 세상모르고 곯아떨어질 거야. 나에게 기대고 내 몸을 짓누르며 잠을 자겠지. 아마도 나는 그의 방기 속에서 한 시간 동안 그래도 조금은 그를 사랑하겠지. 그리고 그는 내일 아침에 자기가 꾼 잔혹한 꿈들을 나에게 이야기할 거고. 그의 상상력은 굉장하니까.'

그녀는 자리에서 일어나 하얀 부교浮橋를 바라보았다. 사람의 윤곽은 보이지 않았다. 그녀는 다시 안락의자에 몸을 맡겼다.

"그 사람들 아직 안 왔네." 앨런이 냉소적인 목소리로 말했다. "맙소사. 지루하군, 안 그래?"

조제는 앨런이 있는 쪽으로 고개를 돌렸다. 앨런이 그녀를 응시하고 있었다. 그는 정말이지 서부의 젊은 영웅처럼 보였다. 맑은 눈, 가무잡잡하게 그을린 피부, 솔직한 표정. 뚜렷이 드러나는 순박함도. 앨런. 그렇다, 그녀는 그를 사랑했다. 있는 모습 그대로 바라보며 얼마간 더 사랑하기도 했다. 그러나 점점 눈을 돌리게 되었다.

"그래서? 계속할까?"

"재미있어?"

"내가 청혼했을 때 기분이 어땠어?"

"기뻤지."

"그게 다야?"

"구원받은 기분이었어. 나는…… 그때 지친 상태였어. 당신도 잘 알겠지만."

"지쳤다고……. 누구에게?"

"유럽에."

"유럽의 누구?"

"전에 말했잖아."

"또 해봐."

'난 떠날 거야. 이걸 항상 생각해야 해. 앨런을 떠날 거야. 앨런은 하고 싶은 대로 하겠지. 원한다면 자살이라도 할 테고. 몇 번이나 그렇게 말했잖아. 돌팔이 같은 정신과 의사도 몇 번이나 그렇게 말했고. 그 사람 어머니도. 뭐, 자살하라지. 빌어먹을 자기 아버지처럼 미쳐버리라지. 두 사람 다 어리석은 알코올 중독으로 갈 데까지 가겠지. 프랑스 그리고 뱅자맹 콩스탕 만세.' 조제는 생각했다.

하지만 죽은 앨런을, 죽음을 그토록 바라던 그의 모습을 상상하면 일종의 욕지기가 치밀어 올랐다. '핑계가 그럴듯하겠지. 난 그 핑곗거리가 되고 싶지 않아.'

"그건 협박이야." 그녀가 말했다.

"흐음, 그래. 당신이 무슨 생각 하는지 알아."

"당신이 나에게 그런 협박을 하는 한, 난 당신을 존중할 수 없어." 그녀가 가냘픈 목소리로 말했다.

"그 말을 듣고 내가 어떻게 하길 원해?"

"사실 원하는 거 없어."

앨런은 그녀의 존중 따위 개의치 않았다. 게다가 그런 그의 태도가 전염되기에는 조제 스스로도 자신을 존중하지 않았다. 그녀는 보호막 역할로 만족했다. 스물일곱 살에. 3년 전 그녀는 파리에 있었다. 혼자 살았고 마음에 드는 사람과 함께 살기도 했다. 그렇게 숨을 쉬었다. 그런데 지금은 그녀에게서 무엇을 기대하는지 스스로도 알지 못하는, 신경쇠약에 걸린 젊은 남편 옆 가짜 배경 속에서 진땀을 흘리고 있다. 그녀는 웃음을 터뜨렸다. 앨런이 눈가에 주름을 잡고 몸을 일으켰다. 그는 유머 감각을 발휘할 때가 가끔 있긴 하지만, 이런 순간에 그녀가 웃는 것은 좋아하지 않았다.

"그런 식으로 웃지 마."

하지만 그녀는 계속 웃었다, 가만히, 일종의 애정으로. 그녀는 파리의 자기 아파트를, 파리의 길들을, 밤을, 미친 듯이 보낸 시간들을 생각했다. 앨런이 일어섰다.

"갈증 안 나? 이러다 일사병 걸리겠어, 자기. 오렌지주스 한 잔 갖다줄까?"

그가 옆에 무릎을 꿇고 그녀의 팔에 머리를 기대고는 그녀를 바라보았다. 그의 두 번째 무기였다. 무기에서 질투심이 사라지면 그는 부드러워졌다. 그녀는 그의 반듯한 얼굴을, 단호한 입을, 기다란 눈을 손으로 그렸다. 무엇이 이 얼굴의 고요하고 남자다운 면을 무용하게 만드는지 다시 한번 궁금해졌다.

"그보다는 바카디나 한 잔 갖다줘." 그녀가 말했다. 그가 빙긋이 미소 지었다. 그는 술을 좋아했고, 그녀가 자기와 함께 술 마시는 걸 좋아했다. 사람들은 그런 점에 대해서도 그녀를 경계시켰다. 하지만 그녀는 술을 특별히 좋아하지 않는데도 이따금 죽을 만큼 취하고 싶었다.

"그럼 바카디 둘." 그가 말했다.

앨런이 조제의 손에 입을 맞췄다. 백발에 꽃무늬 반바지를 입은 미국 여자가 그들에게 다정한 눈길을 던졌다. 그러나 조제는 그녀에게 미소 짓지 않았다. 앨런이 인생에 실패한 남자의 멋진 발걸음으로 멀어져가는 모습을 지켜보았을 뿐이다. 그가 멀어져갈 때마다 그녀는 일종의 슬픔에 사로잡혔다. "하지만 난 이제 그를 사랑하지 않아." 그녀는 이렇게 중얼거리고는, 태양이 그녀에게 반박이라도 할 것 같아 한쪽 팔을 격하게 얼굴 앞에 갖다 댔다.

사람들이 돌아와 그들이 모래사장에 길게 누워 있는 것을 발견했다. 조제는 앨런의 어깨를 베고 문학에 관해 열정적으로 이야기하는 중이었다. 그들 옆에는 유리잔 몇 개가 널브러져 있었다. 브랜든 키넬이 자기 아내에게 눈짓해 그들을 가리켰다. 이브 키넬은 지적인 여자였지만 무척 못생겼다. 하지만 그 두 가지가 서로 충돌하진 않았다. 그녀는 조제를 무척 좋아했고, 브랜든만큼이나 앨런을 꺼렸다. 키넬 부부는 모든 면에서 뜻이 잘 통했고 모든 것을 공유했다. 브랜든이 조제를 향해 품고 있는 절망적이고 비밀스러운 감정은 제외하고.

"힘든 날이네요! 불쌍한 창꼬치 때문에 바다에서 세 시간을 보내다니……." 이브가 말했다.

"그러게 왜 바다에 들어가요? 행복은 해변에 있는데." 앨런이 말했다.

그가 조제의 머리칼에 입을 맞췄다. 조제는 눈을 들어 브랜든의 눈길이 빈 유리잔들에 머무는 것을 보았고, 마음속으로 그 눈길을 악마에게 보냈다. 그녀는 매우 감미롭고 즐거운 한 시간을 보낸 참이었다. 풍경이 아름다웠고, 앨런도 유쾌한 기분으로 긴장을 풀고 있었다. 바카디 몇 잔이 거기에 일조했기로서니 무슨 대수란 말인가? 조제는 금빛으로 그을린 남편의 다리에 손을 얹었다.

"행복은 해변에 있지." 그녀가 따라 말했다.

브랜든이 눈길을 돌렸다. '내 말에 상처받았나?' 조제는 생각했다. '저 남자 나를 사랑하는 게 틀림없어. 재미있네, 그런 생각은 미처 못 했는데.' 그녀가 그에게 손을 내밀며 말했다.

"일어나게 나 좀 도와줘요, 브랜든. 태양 때문에 어지럽네요."

그녀는 '태양'을 강조했다. 브랜든이 그녀에게 손을 내밀었다. 얼빠진 부랑자 같아 보이는 브랜든 키넬이 왜 개미처럼 부지런한 이브와 결혼했는지 많은 사람이 궁금해했다. 거기엔 두 가지 이유가 있었다. 이브는 똑똑했고 브랜든은 수줍음을 탔다. 어쨌든 브랜든이 조제를 일으켜주었고, 조제는 비틀거리다가 그의 팔을 잡았다.

"나도요, 이브." 앨런이 투덜댔다. "나를 밤새도록 이 해변에 혼자 내버려둘 셈이에요? 나도 조제만큼이나 취한 걸 잘 알잖아요. 우리는 취했다고요. 우리 기분이 좋다고 조제가 당신에게 말하지 않았나요?"

앨런은 모래사장에 그대로 누운 채 빙긋이 웃으며 그들을 올려다보았다. 조제는 브랜든의 팔을 놓았다가 다시 꼭 붙잡았다.

"두 잔 이상 마시지 못한다 해도 그건 당신 문제야. 난 정신이 말짱하고 배도 고파. 브랜든이랑 저녁 먹으러 갈 거야."

조제가 이브는 잊은 채로 뒤돌아섰다. 일 년 만에 처음으로 지구상에 앨런 말고 다른 남자들이 있다는 생각을 했다.

"앨런은 너무 서툴러요. 그가 모든 걸 망쳤어." 그녀는 머릿속에 있는 말들을 내뱉었다.

"그와 헤어져야겠네요." 브랜든이 말했다.

"앨런은 결국 루저가 될 거예요. 그러니까 내 말은……."

"그 사람은 이미 루저예요."

"알아요."

"하지만 매력적이에요, 그렇죠?"

조제는 항변하려고 입을 열었다가 어깨를 으쓱했다.

"아마도요, 사실이에요."

그들은 종종걸음으로 식당을 향해 천천히 걸어갔다. 브랜든은 자기 팔을 잡고 있는 조제의 손을 느꼈고, 식당에 도착하기 전에 그 손을 물리치면 안 되는 걸까 궁금해했다. 그 정도로 일종의 긴장에 마비된 채 그녀의 손을 어색하게 잡고 있었다.

"난 당신들이 술 마시는 게 싫어요." 브랜든이 말했다.

지나치게 권위적이고 큰 목소리였다. 그리고 자신도 그걸 깨달았다. 조제가 고개를 들었다.

"앨런의 어머니도 앨런이 술 마시는 걸 좋아하지 않아요. 나도 그렇고요. 하지만 그렇다고 해서 당신이 뭘 할 수 있는데요?"

브랜든이 체념 어린 안도감을 느끼며 팔을 빼냈다. 잠깐이라도 그녀와 단둘이서 이야기할 수 있게 되었으니 그녀를 화나게 만들더라도 할 말을 해야 했다.

"그건 나와 상관이 없죠."

조제가 그를 향해 고개를 돌렸다. 그는 양팔을 흔들면서 걷고 있었다. 그의 얼굴은 정직하고 느긋해 보였다. 조제는 자신이 이 사람 같은 남자와 결혼할 거라 생각했었다. 그녀가 그에게 미소 지으며 말했다.

"당신 말이 맞아요, 브랜든. 미안해요. 당신은 항상 '건강한 것'만 말하네요. 그런데 유럽식 사고는 그렇지 않아요. 보세요, 나는 지금 앨런과 살고 있고, '이 남자를 떠나야지'라고 생각할 수 없어요. '내 맹장을 제거해야지'라고 생각할 수 없는 것처럼요."

"하지만 그래야 해요, 조제. 혹시 내 도움이 필요하다면 언제라도……."

"알아요, 고마워요. 당신들은 참 좋은 사람들이에요, 이브하고 당신요."

"이브하고 내가 아니죠. 나 혼자만입니다."

그의 얼굴이 붉어졌다. 조제는 대꾸하지 않았다. 파리에서 지낼 때 그녀는 남자들과 노는 것을 무척 좋아했었다. '나도 나이를 먹었어.' 그녀는 생각했다. 식당은 만원이었다. 저 멀리 해변에서 앨런과 이브의 윤곽이 그들을 천천히 따라오고 있었다.

다시 숙소에 앨런과 조제만 남았다. 성긴 대나무로 된 그 방갈로에는 기다란 방 세 개가 있고, 흑인 가면들, 짚과 갈고리로 만든 물건들, 간단히 말해 앨런의 어머니가 이국적이라고 생각하는 온갖 소품들로 장식되어 있었다. 앨런은 아주 오랫동안 이곳에 익숙해 있었지만, 자기 물건은 아무것도 갖다놓지 않았다. 앨런과 조제는 뉴욕에서 음반과 책들을 이곳으로 가져왔다.

과거에 그녀는 남자에게 별로 관심이 없었기 때문에 남자에 대해 잘 몰랐고, 그는 그녀와의 관계를 통해서만 자기 자신을 보았다. 너무도 체계적인 학대로 이루어진 그 관계를 그녀는 때때로 비웃고 싶었다. 그가 그들의 관계를 규정지어버리고 스스로에 대한 무관심을 지나치게 멀리 밀고 나간 탓에, 종종 그녀는 형편없는 연극이나 거드름 피우는 영화를 보는 것처럼 현기증에 잠식되었다. 형편없는 연극, 형편없는 영화. 그러나 그것의 야심 찬 작가는 바로 그녀의 남편이었고, 그녀는 피할 수 없는 그 실패 앞에서 그와 함께 신음하지 않을 수 없었다.

그는 창문을 전부 열어놓은 채 그녀 앞에서 왔다 갔다 했다. 플로리다의 더운 바람이 때때로 그들의 얼굴을 스쳐 지나갔고, 멀리서 바다와 휘발유 냄새 그리고 고집스러운 열기가 뒤섞인 들척지근한 냄새가 풍겨왔다. 자신에게 다가오는 앨런을 바라보며 그녀는 자신이 집 안을 꾸미는 일에, 심지어 그와의 생활에도 관심이 없다는 생각을, 또 누군가에게 민감한 태도를 보인 적도 전혀 없다는 생각을 했다.

“브랜든이 당신한테 반했어.” 앨런이 말했다.

조제는 미소 지었다. 앨런은 항상 모든 걸 그녀와 동시에 알아차렸다. 이틀 전 그녀는 그의 말을 듣고 웃어넘겼고, 그의 집착을 비난했다. 그리고 이틀이 지난 지금은 그가 맹목적이라고 생각했다. 그 어떤 남자와도 마찬가지겠지만, 이런 문제를 놓고 그와 농담을 할 수는 없는 노릇이라고 생각했다.

"브랜든의 매력은 뭘까?" 앨런이 몽상에 잠긴 어조로 물었다. 그러고는 걸음을 멈추더니 창문에 몸을 기댔다.

"그런 거 없어." 그녀가 말했다.

"생각해보자고……." 그가 이어서 말했다. "브랜든은 잘생겼고, 건실하고, 믿음직스럽잖아……. 현재 키라르고에서 유일하게 괜찮은 남자야. 아내는 똑똑한데다 자제력이 있고. 내가 당신을 기분 나쁘게 할 때 그 사람이 날 녹아웃시키는 장면이 충분히 상상돼. 당신도 알겠지만, 그 사람은 완벽한 신사야. '여보, 남자가 묵인해선 안 되는 일들이 있어요. 조제 부인, 그야 말할 것도 없지요……' 등등."

앨런이 웃음을 터뜨렸다.

"아무 대꾸가 없네. 당신은 이런 장면이 상상 안 돼?"

"응. 아무것도 상상이 안 되네."

"그 남자와 자는 것도?"

"안 돼. 바람직한 일 같지도 않고."

"그렇게 될 거야, 두고 봐."

그가 창문에서 멀어졌고, 조제는 앨런의 연극 취미를 한 번 더 확인했다. 그는 특정 대사들을 강조했고, 장면의 대단원에 다다른 뒤 다시 시작했으며, 몸의 움직임을 통해 자신이 한 말을 재차 확인했다. 그녀는 두 손을 겹쳐 머리 위에 얹고 눈을 반쯤 감은 채 소파에 누워 있었다. 졸음이 느껴졌고, 이 상황을 얼마나 오래 버틸 수 있을지 궁금했다. 비밀스러운 즐거움이 없지는 않았다. 그녀가 처음으로 자신의 결심을 입 밖에 내어 말했다. "여기서 나가야겠어."

"브랜든이 당신을 난처하게 한다면, 그걸 그에게 지나치게 감출 필요는 없어." 앨런이 말했다. "당신이 해변에서 불쌍한 이브를 나와 함께 버려두고 멋지게 그를 데려갔잖아. 그때 이브가 서글프기 짝이 없는 눈빛으로 당신들 두 사람을 바라보더라."

"그런 생각은 못 했어. 내가 그녀한테……."

그녀는 이렇게 말하려 했다.'내가 그녀한테 상처를 줬다고 생각해?' 하지만 말을 끝맺지 않았다. 어찌 됐건 앨런은 '그렇지'라고 대답할 테니까. 그녀에게 죄책감을 유발하는 것이 그의 유일한 목적이었다. 갑자기 일종의 분노가 그녀를 덮쳐왔다.

"난 이브에게 상처 주지 않았어. 그녀는 나를 신뢰해. 브랜든도 그렇고. 그들은 내가 두 팔 벌리고 남자만 기다리는 여자라고 생각하지 않는다고. 그들이 정상이야."

"나는 정상이 아니라고 말하고 싶은 거야?"

"당신도 잘 알잖아. 그런 사실에 스스로 자부심도 있고, 안 그래? 당신은 하루 종일 사소한 신경증들을 해결하려고 안달복달하고 있어. 땅에 두 발을 딛고 남자답게 행동하려는 생각은 단념한 건지……."

'맙소사.' 그녀는 생각했다. '내가 마치 《리더스 다이제스트》[1]처럼 앨런에게 말하고 있네. 양식良識 운운하는 이야기라면 끔찍해하던 내가 한 집안의 가장처럼 앨런에게 설교를 늘어놓고 있어. 결국 앨런은 나한테 싫증을 낼 거야. 한편으로는 몹시 기쁠 거고.'

실제로 앨런이 미소 띤 얼굴로 그녀에게 다가왔다.

"언젠가 당신이 나에게 했던 말을 떠올려봐, 조제. '사람은 자기 생긴 대로 사는 거야. 난 그 누구도 내 입맛에 맞게 바꾸려고 한 적이 없어. 아무도 다른 사람에게 이래라저래라 할 권리는 없다고' 기억나?"

---

1 1922년 창간된 미국 최대의 잡지. 다른 잡지나 단행본 속에서 흥미로운 글들을 골라 요약 소개함으로써 성공을 거두었는데, 주로 인생에 관한 교훈적인 글들이 많았다.

그는 그녀 옆에 앉아 무척 부드러운 어조로 말했다. 그가 그녀가 했던 말들을 그의 행복이 달린 일종의 복음서처럼 되뇌고 있는 것인지 아니면 그녀를 꼼짝 못 하게 하려는 것인지 알 수 없었다. 조제의 목구멍이 조여왔다. 그렇다, 그녀는 어느 겨울날 뉴욕에서 그 말을 했었다. 앨런의 어머니와 한 시간 동안 대화를 나누고 연민, 애정, 굳은 신념에 가득 차 앨런과 함께 밖으로 나온 뒤였다. 그들은 센트럴 파크를 한 시간 동안 걸었다. 그때는 너무도 열정적이었고 자신감이 넘쳤던 것 같다…….

"그래. 내가 그렇게 말했지. 그렇게 생각했고. 지금도 여전히 그렇게 생각해." 그녀가 말했다. "앨런." 그녀는 좀 더 나직한 목소리로 이어서 말했다. "당신은 나를 도와주지 않네."

"내가 못됐다고 생각해?"

"응."

조제는 눈을 감았다. 그가 이겼다. 그는 그녀로 하여금 그가 그녀를 힘들게 한다고 말하게 만들었다. 그것이 바로 그가 원하는 것이었고, 그것에 성공했다. 방법이야 어찌 되었든. 그가 그녀를 두 팔로 안고 들어올렸다가 다시 내려놓고는 그녀에게 몸을 대고 누워 그녀의 어깨에 머리를 묻었다.

그리고 애원하는 목소리로 그녀의 이름을 중얼거렸다. 그녀의 몸을 어루만지고 그녀가 울기를 바랐다. 하지만 그녀는 울지 않았다. 그러자 그는 옷을 반쯤 벗긴 채 그녀를 가졌고, 그들이 쾌락을 나눈 것을 그녀 탓으로 돌렸다. 얼마 후 그는 그녀의 옷을 전부 벗기고 잠든 그녀를 침실로 데려갔다. 그녀의 손을 아플 정도록 꼭 쥔 채 잠이 들었다. 다음 날 아침, 그녀는 침대 위에 있는 그를 발견했다. 그는 편안히 누워 있지 않았다.

'잠자는 사람치고는 이상한 모습이네……. 한 손을 벌려 시트 위에 얹고, 얼굴은 한쪽으로 돌리고, 두 다리는 구부려서 가슴에 붙이고 말이야. 이걸 뭐라고 부르지? 그래, 태아 자세. 앨런은 어머니를, 견디기 힘든 자기 어머니를 그리워하는 걸까? 말도 안 돼, 무슨 이런 생각을. 프로이트는 앨런의 어머니를 미리 고려한 걸까?(조제는 웃음을 터뜨리고는 물병으로 손을 뻗었다.) 난 바카디가 싫어. 목구멍 안으로 흘러내려가는 무미한 멸균수가 싫어. 닫혀 있는 저 창문과 에어컨으로 차가워진 공기도 싫어. 대나무 장식도 흑인 가면도 싫어. 여행이 싫고, 열대 풍경들이 싫어. 그리고 침대에 엎드려 잠든 이 낯선 남자도 싫어하는 걸까?

이 남자는 잘생겼어. 허리도 매끄럽고 탄탄해. 날씬한 젊은 남자의 허리야. 내 입술에 닿는 이 남자의 허리는 아주 부드러워. 난 이 젊은 남자를 싫어하지 않아. 내가 머리를 조금 움직이면, 이 낯선 남자는 신음하고, 내 입술 아래에서 잠이 깨고, 완전히 정신이 들겠지. 이 남자가 지금 신음하고 있는 잠에서 벗어나는 건 더 이상 고통이 아니라 기쁨일 거야. 다리를 뻗었네. 어머니에게서 떠나 애인에게 돌아왔어. '추억 속의 어머니, 애인 중의 애인……' 베를렌의 시구던가? 아니면 보들레르……? 지금은 모르겠어. 그가 내 목덜미를 붙잡네. 내 몸을 뒤집네. 나를 자기 쪽으로 끌어당기네. 내 이름을 부르네. 맞아, 내 이름은 조제고 그는 앨런이지. 이것에 아무 의미가 없을 순 없지. 앨런, 나중에 가서 모든 것이 제자리로 돌아올 순 없어. 내가 당신의 이름 말고 다른 이름을 부를 수도 없고.'

* 2장 *

"당신 모자 안 가져갔어."

앨런이 태평한 몸짓을 했다. 자동차는 벌써 부르릉거리고 있었다. 차라리 가르랑거린다고 해야 할까. 오래된 암적색 쉐보레였다. 앨런은 스포츠카에 전혀 취미가 없었다.

"날씨가 미치도록 더울 거라고." 조제가 재차 말했다.

"어서 타. 브랜든이 자기 모자를 빌려주겠지. 그 사람 깐깐하잖아."

앨런은 브랜든 이야기만 했다. 그의 눈엔 키넬 부부만 보이는 것 같았다. 그것은 앨런이 시작한 새로운 게임이었다. 그는 커다란 열정을 마주한 무능한 관객 역할을 했고, 이브를 '나의 불운하고 가여운 동료'라고 불렀다. 브랜든이 조제에게 말을 걸기라도 하면 그것 보라는 듯 과시하는 태도로 미소 지었다. 농담으로 돌리려고 조제와 키넬 부부가 힘을 합쳐 노력했음에도, 상황은 점점 견디기 힘들어졌다. 조제는 모든 방법을 동원했다. 화도 내보고, 냉정하게 굴기도 하고, 부탁도 해보았다. 심지어 키넬 부부와 어울리지 않고 혼자 있어 보기도 했다. 하지만 앨런은 그녀 앞에서 술을 마시고 브랜든의 매력을 칭찬하면서 오후 시간을 보냈다.

그날은 그들이 함께 낚시를 가기로 한 날이었다. 조제는 잠을 설쳤고, 일종의 희열을 느끼며 브랜든, 이브 혹은 그녀 자신이 폭발할 순간을 기다렸다. 운이 조금만 따라준다면 오늘이 바로 그날이 될 터였다.

키넬 부부는 일주일 전부터 그랬듯이 뭔가에 짓눌린 듯한 표정으로 부교 위에 서 있었다. 샌드위치 바구니를 한 손에 든 이브가 다른 쪽 손을 들어 그들에게 흔들어 보이며 즐거워하는 몸짓을 했다. 브랜든은 엷게 미소 짓고 있었다. 작은 부두에 매어놓은 커다란 모터보트가 부드럽게 흔들렸다. 모터보트 조종사가 기다리고 있었다.

그때 앨런이 비틀거리더니 자기 목덜미에 손을 갖다 댔다. 브랜든이 한 걸음 다가와 그의 팔을 붙잡고 물었다.

"괜찮아요?"

"햇볕 때문이에요. 모자를 가져올 걸 그랬어요. 기분이 별로 좋지 않네요." 앨런이 말했다.

앨런이 부두에 앉아 고개를 숙였고, 다른 사람들은 어쩌면 좋을지 몰라 서로의 얼굴을 바라보았다.

"기분이 좋지 않으면 여기 그냥 있자. 햇볕이 이렇게 뜨거운데 바다에 나가는 건 바보 같은 짓이야." 조제가 말했다.

"그건 안 되지. 당신 낚시 좋아하잖아. 이분들이랑 함께 다녀와."

"제가 숙소로 모셔다드리겠습니다. 경미한 일사병 증상일지 모르니 운전하지 않는 게 좋아요." 브랜든이 나섰다.

"그러면 한 시간을 허비하게 돼요. 당신은 훌륭한 낚시꾼인데 말입니다. 가장 좋은 해결책은 낚시를 싫어하는 이브가 운전해서 저를 데려다주는 겁니다. 이브가 저를 돌봐주고 책도 읽어줄 거예요."

침묵이 흘렀다. 브랜든이 고개를 돌렸고, 이브가 그를 바라보았다. 그의 의중을 알아차린 눈치였다.

"그게 좋겠네요. 난 상어도 다른 물고기들도 싫거든요. 그럼 낚시 잘하고 빨리 돌아와요." 이브가 말했다.

이브의 목소리는 침착했다. 조제는 반론을 제기하려다가 입을 다물었다. 조제는 제정신이 아니었다. '이게 바로 앨런이 원했던 거야, 얼간이 같으니. 위험한 일은 없겠지……. 앨런은 배에 조종사가 있다는 걸 잘 알고 있어. 이브는 아무렇지 않은 표정을 짓고 있고, 브랜든은 얼굴이 붉어졌네……. 브랜든이 원하는 건 뭘까?' 조제는 돌아서서 부교로 올라갔다.

"이브, 당신 괜찮겠어?" 브랜든이 위험을 무릅쓰고 말했다.

"물론이지, 여보. 내가 앨런을 잘 데려다줄게. 낚시 재미있게 해. 너무 멀리 나가지 말고. 파도가 높아."

모터보트 조종사가 재촉하듯 휘파람을 불었다. 브랜든은 마지못해 배에 타 조제 옆 난간에 팔꿈치를 기댔다. 앨런이 고개를 들고 두 사람을 바라보았다. 그는 컨디션이 무척 좋아 보였고 살며시 미소마저 띠고 있었다. 배가 천천히 부두를 떠났다.

"브랜든." 조제가 갑자기 말했다. "뛰어내려요. 배 밖으로 뛰어내려요, 지금 빨리."

브랜든이 그녀를 바라보고, 벌써 1미터가량 멀어진 부두를 바라보았다. 그런 다음 난간 너머로 껑충 뛰어내렸다. 조금 미끄러지는 듯하다가 다시 일어났다. 이브가 놀라서 소리를 질렀다.

"아니, 뭐 하는 겁니까." 조종사가 타박했다.

"출발해요." 조제가 돌아보지 않고 말했다.

그녀는 앨런의 눈을 바라보았다. 브랜든은 여전히 부두 위에 있었다. 그가 신경질적인 몸짓으로 몸에서 먼지를 떨어냈다. 앨런은 더 이상 미소 짓지 않았다. 조제는 난간을 떠나 배의 앞쪽에 앉았다. 바다는 더할 나위 없이 아름다웠고 그녀는 혼자였다. 그녀는 오래전부터 기분이 별로 좋지 않은 상태다.

샌드위치 바구니는 당연히 부두에 남아 있었고, 그녀는 조종사의 음식을 나눠먹었다. 낚시는 성과가 좋았다. 30분에 한 마리씩 창꼬치 두 마리를 잡았다. 그녀는 지쳤고 배도 고팠다. 그러나 기분은 좋아졌다. 조종사는 앤초비와 토마토를 가져왔다. 그들은 큼직한 스테이크가 지닌 장점에 대해 농담을 주고 받았다. 조종사는 키가 무척 컸고 조금 마른 체형이었다. 피부가 새까맣게 그을렸고 사냥개 같은 눈을 하고 있었다.

하늘이 흐려지더니 물결이 거칠어졌다. 돌아가기로 했을 때, 그들은 산호섬의 다른 쪽 끝에 있었다. 조종사가 바다에 낚싯줄을 던졌고, 조제는 낚시 의자에 앉았다. 땀이 그들의 몸에 쉼 없이 흘러내렸다. 그들은 더 이상 대화를 나누지 않고 각자 바다를 바라보았다. 어느 순간 물고기 한 마리가 입질을 해왔지만, 조제가 낚싯줄을 너무 늦게 당기는 바람에 빈 낚싯바늘만 올라왔다. 조제는 조종사를 불렀고, 그가 그녀에게 새 미끼를 끼워 건넸다.

"내 이름은 리카르도예요." 그가 말했다.

"나는 조제예요."

"프랑스 사람이군요."

"네."

"부두에 있던 남자는요?"

그는 '남자'라고 말했다. '당신 남편'이라고 말하지 않았다. 키라르고는 확실히 사랑의 섬이었다. 그녀는 웃음을 터뜨렸다.

"그 사람은 미국인이에요."

"그는 안 옵니까?"

"네. 일사병 때문에요."

그들은 아침의 그 이상했던 출발에 대해 지금껏 이야기하지 않고 있었다. 조종사가 고개를 숙였다. 그의 머리는 숱이 많고 매우 무성했다. 그가 커다란 낚싯바늘에 미끼 하나를 재빨리 끼웠다. 그런 다음 담배에 불을 붙여 조제에게 내밀었다. 조제는 이 나라 사람들의 이런 친숙함과 고요함이 참 좋았다.

"혼자 낚시하는 거 좋아하세요?"

"가끔씩 혼자 있는 거 좋아해요."

"저는 항상 혼자랍니다. 그게 낫죠."

그는 그녀 뒤에 있었다. 그가 키 손잡이를 고정해두었는데, 그녀는 바다의 상태가 이럴 때 그건 별로 신중한 행동이 아니라고 어렴풋이 생각했다.

"덥죠." 그가 이렇게 말하고는 조제의 어깨에 손을 얹었다.

뒤를 돌아보니 그가 생각에 잠긴 개와 흡사한 눈빛으로 그녀를 조용히 바라보고 있었다. 위협적이거나 여러 가지 뜻으로 해석되는 부분은 없었다. 그녀는 어깨 위에 얹힌 그의 손을 보았다. 그 손은 크고 넓적했으며, 거칠었다. 그녀의 가슴이 뛰기 시작했다. 그녀를 동요하게 만든 것은 어떤 거북함도 없는 그 고요하고 주의 깊은 눈빛이었다. '내가 이 손을 치우라고 말하면 이 사람은 그렇게 할 테고, 모든 게 끝나겠지.' 입안이 말라왔다.

"목이 마르네요." 그녀가 작은 소리로 말했다.

그가 그녀의 손을 잡았다. 갑판과 선실 사이에는 계단 두 개가 있었다. 선실의 침대시트는 깨끗했고, 리카르도는 무척 거칠었다. 이후 그들은 불쌍한 물고기 한 마리가 낚싯바늘에 걸려 있는 것을 발견했고, 리카르도는 아이처럼 웃음을 터뜨렸다.

"가여워라……. 우리가 얘한테 신경조차 안 쓰고 있었네요. 하지만……."

그의 웃음은 전염성이 있어서 조제도 그와 함께 웃었다. 그가 조제의 어깨를 안았다. 그녀는 기분이 좋았고, 처음으로 앨런을 속였다는 생각조차 하지 않았다.

"프랑스 물고기들도 이렇게 바보 같은가요?" 리카르도가 물었다.

"아뇨. 더 작고 더 약삭빠르죠."

"프랑스에 가보고 싶어요. 파리 구경도 하고 싶고."

"음, 에펠탑요?"

"그리고 프랑스 여자들도요. 이제 다시 시동을 걸게요."

그들은 천천히 돌아왔다. 바다는 잔잔했지만, 하늘은 몰려오다 만 폭풍우 때문에 불길한 분홍빛이었다. 키 손잡이를 잡은 리카르도가 때때로 고개를 돌려 그녀에게 미소 지었다.

'내 인생에 이런 일이 일어나다니.' 조제는 생각했다. 그리고 리카르도에게 미소로 답했다. 부두에 도착하기 전 그가 그녀에게 또 낚시하러 올 거냐고 물었고, 그녀는 아니라고, 곧 떠날 거라고 대답했다. 그는 한동안 갑판 위에 가만히 서 있었고, 그녀는 뒤를 한 번 돌아보았다.

부두에서 사람들이 그녀의 남편과 키넬 부부가 샘스 바에서 그녀를 기다리고 있다고 알려주었다. 쉐보레도 거기에 주차되어 있었다. 그녀는 샤워를 하고 옷을 갈아입은 뒤 그들과 합류했다. 거울 속에 비친 그녀의 모습은 10년은 젊어 보였고, 파리에서 지낼 때의 얼굴을 되찾은 것 같았다. 반은 거북하고 반은 짓궂었던 나날들. "넌덜머리 나는 여자, 쉬운 여자." 그녀가 거울에 대고 말했다. 그녀의 가장 친한 친구 베르나르 P.가 오래전에 한 명언이다.

그들은 정중한 침묵 속에서 그녀를 맞이했다. 두 남자가 지나칠 정도로 황급히 몸을 일으켰고, 이브는 그녀에게 어정쩡한 미소를 지어 보였다. 그들은 카드놀이를 하며 오후 시간을 보냈고, 지루해하는 것 같았다. 조제는 낚시에서 잡은 창꼬치 두 마리 이야기를 했고 칭찬을 들었다. 그리고 침묵이 내려앉았다. 조제는 침묵을 깨려고 애쓰지 않았다. 의자에 앉아 눈을 내리깐 채 그들의 손을 바라보고 손가락 수를 무의식적으로 세고 있었다. 조제는 손가락을 세고 있는 자신을 발견하고는 웃음을 터뜨렸다. 나머지 사람들이 깜짝 놀랐다.

"무슨 일이야?"

"아무것도 아니에요. 그냥 당신들의 손가락 수를 세고 있었어요."

"아무튼 당신은 즐거워 보이네. 브랜든은 줄곧 몹시 슬퍼

했는데."

"브랜든이 왜?" 그녀는 앨런의 게임을 잊고 있었다.

"당신이 브랜든을 배에서 뛰어내리게 했잖아. 기억 안 나?"

세 사람 모두 이상하게도 화난 표정을 하고 있었다.

"물론 기억나지. 사실 난 이브가 당신과 단둘이서 하루를 보내는 게 싫었어. 알 수 없는 일이잖아."

"지금 당신은 역할을 뒤집고 있어." 앨런이 말했다.

"우리는 네 명이잖아. 그러니까 대각선 두 개가 만들어지지. 안 그래요, 이브?" 그녀가 쾌활하게 말했다.

이브가 당황하며 말없이 조제를 바라보았다.

"당신은 질투에 눈이 멀어서 이브에게 관심을 가지지 못했겠지. 브랜든과 내가 다정하게 낚시하는 이미지에 사로잡혀서 말이야. 이브는 끔찍이도 지루했을 거고. 그래서 내가 브랜든을 돌려보낸 거야. 자, 우리 이제 뭐 좀 먹을까?"

브랜든이 손에 쥐고 있던 담배를 신경질적으로 짓이겼다. 둘이서 함께 보낼 수도 있었던 멋진 하루를 조제가 조롱하는 것 같아 그는 기분이 좋지 않았다. 비록 이론상의 이야기지만 말이다. 조제는 그런 그가 한편으로는 측은하기도 했지만 그대로 밀고 나갔다.

"당신 농담도 참 재미있게 하네. 이브가 그 말을 웃기다고 생각하면 좋겠어." 앨런이 말했다.

"아, 굉장히 웃긴 농담이 하나 더 있어요. 이 농담을 들으면 다들 재미있어 할 거예요. 하지만 디저트 먹을 때 이야기할게요." 조제가 말했다.

그녀는 더 이상 스스로를 통제하려고 애쓰지 않았다. 기쁨을, 폭력에 대한 끌림을, 너무나 오래전부터 그녀의 성격을 이루고 있던 돌이킬 수 없는 특성을 다시 발견한 것이다. 잊고 있던 그 내적 웃음이, 그 완벽한 무사태평함이, 그 자유가 내면에서 피어오르는 것을 느꼈다. 그녀는 자리에서 일어나 주방으로 갔다.

그들은 무거운 침묵 속에서 저녁을 먹었다. 조제의 농담, 여행 이야기, 음식 맛에 대한 평가로 가끔씩 침묵이 깨질 뿐이었다. 시간이 흐르면서 키넬 부부는 조제와 웃으며 이야기를 나눴다. 앨런만 입을 다문 채 그녀를 골똘히 바라보았다. 그는 술을 많이 마신 상태였다.

"이제 디저트가 나오겠네요." 조제가 불쑥 말했다. 그녀의 얼굴이 창백했다.

웨이터가 초 한 개가 꽂힌 동그란 케이크를 가지고 와서 테이블에 내려놓았다.

"초가 왜 한 개일까. 내가 처음으로 당신을 속이고 외도한 걸 기념하기 위해서야." 조제가 말했다.

그들은 경직된 표정으로, 수수께끼를 풀려는 듯 조제와 초를 번갈아 바라보았다.

"모터보트 조종사." 조제가 초조한 듯 말했다. "리카르도."

앨런이 자리에서 일어나더니 잠시 주저했다. 조제는 그를 올려다보고는 다시 눈을 내리깔았다. 앨런이 천천히 밖으로 걸어나갔다.

"조제……. 이건 나쁜 농담이에요……." 이브가 말했다.

"전혀 그렇지 않아요. 앨런은 무슨 말인지 잘 이해했어요."

조제가 담배 한 개비를 집어들었다. 그녀의 손이 떨렸다. 브랜든이 라이터를 찾아 불을 붙여주었다.

"우리 무슨 이야기 하고 있었죠?" 조제가 말했다.

그녀는 기진맥진한 느낌이었다.

정문이 쾅 소리를 내며 닫혔다. 조제는 마음을 정하지 못한 채 가만히 서 있었다. 키넬 부부가 아무 말 없이 그녀를 바라보았다. 집 안은 불이 하나도 켜져 있지 않고 컴컴했다.

하지만 쉐보레가 집 앞에 세워져 있었다.

"자나봐요." 이브가 확신도 없이 말했다.

조제는 어깨를 으쓱했다. 아니, 그는 자고 있지 않았다. 그녀를 기다리고 있었다. 곧 볼만한 장면이 펼쳐질 것이다. 조제는 그 장면이, 온갖 종류의 폭력들이, 그리고 그들 사이에 오갈 말들이 두려웠다. 하지만 성의 있게 그를 찾았다. '난 바보야.' 그녀는 한 번 더 생각했다. '완전 바보야. 왜 입 다물고 가만히 있지 못했던 걸까……?' 그녀는 절망한 표정으로 브랜든이 있는 쪽을 돌아보며 말했다.

"난 이 상황을 견디지 못할 거예요. 브랜든, 나 좀 공항에 데려다줘요. 여비도 좀 빌려주고요. 다시 돌아올게요."

"그러면 안 돼요. 그건…… 음…… 비겁한 행동이에요." 이브가 말했다.

"비겁한 행동, 비겁한…… 비겁하다는 게 무슨 뜻인데요? 나는 불필요한 상황을 피하려는 거예요. 그뿐이라고요. 그거 보이스카우트 용어예요? 비겁하다는 말……."

조제가 낮은 목소리로 말했다. 그녀는 이 궁지에서 벗어날 방법을 필사적으로 찾고 있었다. 누군가는 그녀를 비난할 것이고, 누군가는 그럴 권리가 있었다. 그녀가 한 번도 감내해본 적 없는 생각이었다.

"앨런이 당신을 기다려줄 겁니다. 지금은 무척 충격을 받았을 테지만요." 브랜든이 말했다.

세 사람은 속삭이며 이야기를 나누었다. 마치 겁먹은 음모자들처럼.

"알았어요. 이 상황이 오래가진 않겠죠. 힘을 내볼게요." 조제가 말했다.

"우리가 좀 더 같이 기다려줄까요?"

브랜든이 말했다. 그는 슬퍼 보이면서도 기품 있는 표정이었다. '이 사람은 나를 용서했어. 하지만 마음속으로는 고통스럽게 한숨짓고 있겠지.' 조제는 이렇게 생각하고는 곧 미소를 지었다.

"그 사람이 날 죽이진 않겠죠. 그럴 거예요……." 하얗게 질린 키넬 부부 앞에서 그녀는 과장하며 말했다.

조제는 체념한 듯 인사를 나누고 그들과 헤어졌다. 파리에서라면 달랐을 것이다. 밖에서 유쾌한 친구들과 함께 밤을 보내고, 어떤 상황 때문에 두려워하기에는 너무 지친 채로 새벽에 돌아왔을 것이다. 하지만 여기서는 두 명의 엄격한 검열관과 함께 한 시간을 질질 끌었고, 결국 의기소침해졌을 뿐이다. '혹시 앨런이 나를 죽일지도 모르지. 평소 모습대로 정신이 나가서 말이야.' 그녀는 생각했다. 그러나 한편으로는 그렇지 않을 거라고 믿었다. 사실 그는 좋아하고 있을 것이다. 스스로를 괴롭힐 훌륭한 핑곗거리가 생겼으니 말이다. 그는 그녀에게 꼬치꼬치 캐물을 것이고, 또…….

'맙소사. 내가 여기서 뭘 하고 있는 거지?' 그녀는 한숨을 쉬었다.

어머니, 집, 고향 마을, 친구들이 필요했다. 그녀는 영리하게 굴면서 여행을 하고, 결혼도 하고, 해외에 살고 싶었다. 그땐 모든 것을 새롭게 시작할 수 있다고 믿었다. 그러나 지금, 플로리다의 더운 여름밤에 이 대나무 집 문에 몸을 기댄 채 울고 싶은 심정이 되었다. 열 살 아이가 되어 도움을 청하고 싶었다.

그녀는 문을 밀고 들어가 어둠 속에서 망설였다. 앨런은 정말로 자는 걸까? 그가 눈치채지 못하게 발끝으로 걸어가 침대에 누울 수 있지 않을까? 커다란 희망이 그녀를 덮쳐왔다. 중학생 시절 형편없는 성적표를 가지고 학교에서 돌아와 현관 흙털개 위에 서서 집 안에서 나는 소리에 귀 기울이던 때처럼. 그때 부모님이 성대한 저녁 식사를 하고 있었던가? 그렇다면 그녀는 구원받은 셈이었다. 요컨대 15년 전 외동딸이 지리 과목에서 0점을 받아온 것에 무관심했던 부모님 앞에서와 똑같은 느낌이었다. 망신당한 남편 앞에서 더 이상 무서워할 게 없다고 막연히 생각했다. 양심의 가책에는, 결과에 대한 두려움에는 아마도 단계가 있는 것 같았다. 그리고 우리는 열두 살에 이미 그 최고 단계에 다다르는 것 같다. 그녀는 스위치에 손을 뻗어 불을 켰다. 앨런은 소파에 앉아서 그녀를 보고 있었다.

"당신이야?" 그녀가 바보처럼 말했다.

그리고 입술을 깨물었다. 앨런은 아무런 대답도 하지 않았다. 그는 낯빛이 창백했고, 주위에 술병은 보이지 않았다.

"깜깜한데 뭐 하고 있는 거야?" 그녀가 물었다.

조제는 체념한 듯 몇 미터 떨어진 곳에 앉았다. 그가 익숙한 동작으로 손을 들어 눈을 덮었고, 그녀는 불현듯 그의 목을 감싸 안고 싶었다. 그를 위로하고, 아까 한 이야기는 모두 거짓말이라고 말하고 싶었다. 하지만 그녀는 꼼짝도 하지 않고 자리에 앉아 있었다.

"변호사한테 전화했어." 앨런이 차분한 목소리로 말했다. "이혼하고 싶다고 말했어. 그랬더니 리노나 가까운 다른 곳으로 가보라고 조언하더군. 금방 끝날 거래. 쌍방 귀책, 아니면 내 귀책. 당신이 원하는 대로."

"그래." 조제가 말했다.

그녀는 어리둥절해진 동시에 안도감을 느꼈다. 그러나 앨런에게서 눈을 뗄 수 없었다.

“일이 벌어지고 나니까 훨씬 낫네.” 앨런이 말했다.

그가 일어나서 전축에 음반을 얹었다.

그녀는 그의 말에 동의하며 고개를 끄덕였다. 그때 그가 갑자기 홱 돌아보는 바람에 그녀는 소스라쳐 놀랐다.

“당신은 그렇게 생각 안 해?”

“나도 그렇다고 말했어. 고개도 끄덕였고.”

방 안에 음악 소리가 높아졌고, 그녀는 기계적으로 그 음악이 누구의 곡인지 생각해보았다. 그리그? 슈만? 그녀는 이 두 사람의 협주곡이 항상 헷갈렸다.

“엄마한테도 전화했어. 상황을 간략하게 이야기하고 내 결심도 말했어. 엄마도 내 결정에 동의했고.”

조제는 대꾸하지 않았다. ‘놀랍지 않아’라는 의미의 찌푸린 얼굴로 그를 바라보았을 뿐이다.

“엄마가 마침내 내가 남자답게 행동하는 걸 보게 돼서 기쁘다고 하더라.” 앨런이 거의 들리지 않는 목소리로 덧붙였다.

그가 다시 등을 돌려 얼굴이 보이지 않았지만 표정은 짐작할 수 있었다. 그녀는 그를 향해 몸을 움직이려다가 멈추었다.

"남자답게라니……!" 앨런이 생각에 잠긴 목소리로 되뇌었다. "당신 이해가 돼? 이 말이 나를 일깨워주었어. 진정으로." 그가 그녀를 돌아보았다. "솔직히 당신은 상어 낚시꾼의 품에서 30분을 보냈다는 이유로 한때 사랑했던 여자와 헤어지는 것이 남자답게 행동하는 거라고 생각해?"

그는 선의로 그녀에게 이 질문을 했다. 마치 오래된 친구에게 하는 것처럼. 그의 목소리에 원망이나 빈정거리는 기미는 전혀 없었다. '앨런에게는 내 마음에 드는 뭔가가 있어. 내 마음에 드는 미친 듯한 뭔가가.' 조제는 생각했다.

"난 그렇게 생각하지 않아, 전혀." 그녀가 말했다.

"당신은 객관적인 사람이잖아, 안 그래? 난 그걸 알아. 당신은 어떤 문제에 대해 객관적일 수 있는 사람이야. 그게 내가 당신을 이토록 사랑하는 이유 중 하나지. 너무나 깊이."

조제가 일어났다. 그들은 서로를 마주하고 서 있었다. 서로를 바라보았고, 서로를 알아보았다. 그가 그녀의 양쪽 어깨를 팔로 감쌌고, 그녀는 미끄러지듯 그의 스웨터에 한쪽 뺨을 갖다 댔다.

"난 당신을 감시할 거야. 난 당신을 용서하지 않아. 절대 당신을 용서하지 않을 거야." 그가 말했다.

"알아." 그녀가 대꾸했다.

"난 곪은 종기를 터뜨리지 않을 거야. 원점에서 다시 시작하지 않을 거라고. 과거지사로 묻고 용서하는 건 없어. 난 우리 엄마가 말하는 그런 남자가 아니야, 당신도 알지?"

"알아." 조제는 울고 싶었다.

"당신 피곤하겠네. 나도 그래. 게다가 난 목소리가 안 나와. 뉴욕에 내 뜻이 전달되도록 울부짖어야 했어. '내 아내가 나를 속였어요'라고 울부짖는 내 모습을 상상해봐. '내 아내가 나를 속였다고요'라며 되풀이해 울부짖는 모습을 말이야. 웃기지, 안 그래?"

"그래, 웃기네. 나 이제 자고 싶어." 그녀가 말했다.

그가 그녀를 놓아주고 전축에서 음반을 꺼냈다. 그런 다음 음반을 정성스레 정리해 넣고는 그녀 쪽으로 돌아서서 말했다. "그 사람이랑 좋았어? 말해봐……. 그 사람이랑 좋았냐고."

9월이 끝나가고 있었고, 그들은 뉴욕으로 돌아가야 했다. 그러나 둘 다 그러자는 암시를 하지 않았다. 앨런은 '다른 사람들'이 싫었고, 조제로 말하자면 그를 향하지 않는 그녀의 사소한 말과 눈길들이 유발할지 모를 질투를 견디느니 차라리 그와 단둘이 있고 싶었다. 그런 의미에서 앨런의 계획은 성공했다. 미국과 유럽이 안개 속에 조금씩 서로 녹아들었다. 그리고 앨런은 평생 처음으로 검게 그을리고 점점 움푹 파여가는 불안한 얼굴로 잔존하고 있었다. 키넬 부부도 시간을 끌었다. 그러나 대화는 전보다 줄었다. 리카르도와의 일 이후로 앨런은 브랜든에게 야릇한 경멸감을 드러냈다. “저 머저리 같은 녀석이 당신이 시키는 대로 멍멍이처럼 부두로 뛰어내리지만 않았다면…….” 그리고 조제는 그의 추론이 우스꽝스럽다는 것을 그에게 일깨워주려는 노력조차 하지 않았다. 그녀는 리카르도 이야기에 지쳐 있었다. 앨런이 그녀에게 리카르도의 매력에 관해 수없이 퍼붓는 질문들에 답하고 리카르도 생각을 하느냐고 물을 때마다 ‘아니’라고 외쳐 대답하느라 완전히 지쳐버렸다. 그녀는 더 이상 아무 생각도 하지 않았다. 태양도 그녀를 기진맥진하게 만들었고, 그녀는 앨런이 아침 8시부터 저녁 6시까지 사무실에 나가 일하지 않는 것을 몹시 유감스럽게 생각했다. 추운 지방에서 입는 큼지막한 스웨터가 그리웠고, 에어컨이 가동되는 어슴푸레한 방 안에서 추리소설을 읽으며 시간을 보냈다. 그 외의 시간에는 조용히 미소를 지으며 무기력하게 앉아 있었다. 아무도, 심지어 그녀 자신조차도 이유를 모른 채 어느 화창한 날 플로리다에서 죽어가는 기분이었다. 앨런은 그녀 주위를 어슬렁거리며 그녀의 과거에 대해, 파리에 대해 질문을 해댔다. 그리고 그 질문들은 어김없이 리카르도에 관한 것으로 이어졌다. 격한 말과 욕설이 오갔고, 대나무 침대에서 사랑을 나누는 것으로 끝이 났다. 모든 것이 불가피했다. 그녀는 새가 뱀을 보듯 앨런을 바라보았다. 무감각해진 새. 그런 것이 존재한다면 말이다.

"사실 당신은 그 짓을 좋아해." 어느 날 특별히 길었던 전쟁을 치르고 나서 그가 그녀에게 말했다. 그녀는 화가 나서 그를 바라보았다. 사실 그녀는 이런 것을 좋아하는지도 몰랐다. 독립적인 존재로서 대우받는 것이 아니라 병적인 사랑의 무력한 대상으로 취급받는 것. 그녀는 밤새도록 스스로에게 질문했고, 자신이 미혹되었음을, 더는 반응할 힘이 없음을 인정했다. 하지만 그녀는 그 짓을 좋아하지 않았다. 아니었다. 그녀는 집착의 대상이 되지 않고 한 남자와 삶을 나누고 싶었다. 초반에는 그런 집착에서 어리석은 자부심을 느꼈지만, 지금은 그런 자부심에서 멀어져 있었다.

어느 날 밤, 그녀는 용기를 내어 앨런에게 2주간 어디로든 혼자 떠나게 해달라고 애원했다. 앨런은 거부했다.

"난 당신 없이 살 수 없어. 나를 떠나고 싶다면 떠나. 나를 완전히 포기해. 아니면 나를 견뎌내든가."

너무나 굶주리고…… 너무나 병적인 방법으로.

"당신은 게이가 되었어야 해. 이유는 당신 엄마야. 당신의 외모와 재력이 그 수단이고. 당신은 카프리 섬에서 인기남이 되었을 거야……." 그녀가 말했다.

"그럼 당신은 평온했겠지……. 난 항상 여자들을 사랑했어. 항상…… 여자들이 있었고. 당신에 이르기까지. 하지만 당신을 만나기 전에는 정말로 좋아한 여자는 아무도 없었어. 당신이 육체적으로 내 첫 경험이었어."

조제는 얼빠진 얼굴로 그를 바라보았다. 그녀는 앨런 말고 다른 남자들을, 다른 육체들을 사랑했다. 파리의 밤들을, 프랑스 남부의 해변들을. 그녀가 간직하고 있고 그가 싫어하는 그 애정의 기억들을. 앨런 앞에서 그것들을 부인할 수는 없었다. 그녀는 차갑고도 안락했던 그의 과거를 노출하는 것이, 그리고 그가 그것을 자랑스럽게 여기는 것이 저속하다고 생각했다. 그러나 아니었다. 그는 그것을 자랑스럽게 여기지 않았다. 사실 그는 자신의 인생 전체에 대해 아무 생각이 없었고, 결연한 태도도 없었다. 환자처럼 혹은 완전히 솔직한 남자처럼 위기에서 위기로, 감각에서 감각으로 표류할 뿐이었다. 그녀는 그가 둘 중 어느 쪽인지 알지 못했다. 전자의 경우 그녀가 그에게 '여보, 당신도 사람이야. 당신 자신을 좀 돌봐'라고 말할 권리가 있는지, 후자의 경우라면 그런 건 좋은 태도가 아니라고, 사회생활에서는 해야 할 작은 양보들이 있고 선의의 속임수를 써야 할 때도 있다고 그를 설득할 수 있는지도. 그녀가 그런 속임수들의 정당성에 대해 생각해보지 않고도 그것들의 필요성에 설득되었음에도 불구하고 말이다. 사실 절대를 말하는 사람들은 그것을 말하지 않는 사람들보다 그것의 필요성을 훨씬 더 혐오했다. 오직 앨런만 그런 것을 입에 올리지 않았다.

그들이 경험한 최고의 순간들은 항상 한밤중이었다. 피로가 앨런의 얼굴을 부드럽고 느슨하게 만들고 그가 한 번도 벗어난 적 없는 초보적인 어린 시절을 그에게 돌려주는 순간, 잘 수립된 의식에 따라 그들이 서로를 악착스럽게 추격한 다음이었다. 그래서 그녀는 잠 속으로, 그가 몇 시간 동안 감수할 그녀 없는 시간 속으로 그 시절을 불러오라고 그에게 부드럽게 이야기했다. 그녀는 그에게 말했다. 그가 얼마나 강한지, 감수성이 풍부한지, 매력적인지, 특별한지를. 그렇게 그를 그 자신에게 돌려보내려고, 자기 자신에게 관심을 갖게 하려고 애썼다. 그러면 그는 그녀에게 물었다. "정말 그렇게 생각해?" 아이처럼 몹시 기뻐하는 목소리로. 그런 다음 그녀에게 몸을 기댄 채 잠이 들었다. 어느 날 아침 그녀는 상상했다. 그가 자기 자신에게 반한 채로, 자립적인 모습으로 잠에서 깨어나는 순간을. 그녀가 그의 작은 몸짓들을 보게 되기를. 그는 하품을 할 것이고 그녀에게 눈길을 주지 않은 채 담배를 찾을 것이다.

가끔 그녀는 그를 염탐하기 위해 일부러 자는 척했다. 하지만 그는 잠에서 깨자마자 그녀가 옆에 있는 것을 확인하기 위해 발작하듯 그녀 쪽으로 손을 뻗었고, 그제야 안심해서 완전히 눈을 뜨고는 팔꿈치를 괴고 몸을 일으켜 그녀가 자는 모습을 바라보았다. 그녀가 해 뜨는 것을 보려고 매우 일찍 일어났던 어느 날, 그가 공포에 찬 비명을 지르는 바람에 그녀는 놀라서 침실로 달려 들어왔다. 그들은 한마디도 없이 서로의 얼굴을 뚫어져라 바라보았고, 그녀는 다시 그의 옆에 누웠다.

"당신은 남자도 아니야." 그녀가 말했다.

"'남자'라는 게 뭔데? 그게 용감한 걸 의미한다면 나는 용감해. 씩씩하기도 하고, 이기적이기도 하지."

"남자는 살기 위해 엄마나 아내 같은 누군가를 늘 필요로 해서는 안 돼."

"난 우리 엄마를 필요로 하지 않았어. 당신한테는 반한 거고. 프루스트를 읽어봐. 그리고 만약 당신이 보호를 필요로 하는 거라면 내가 남자로서 여기 있어."

"지금 난 보호가 필요하지 않아. 바깥 공기가 필요해."

"먼바다의 공기가? 리카르도가?"

그녀는 밖으로 나갔다. 밖으로 나가 햇볕에 짓눌린 채 문 앞에 서 있었다. 때때로 그녀는 지쳐서 눈물을 흘렸고, 어린아이 같은 몸짓으로 혀를 사용해 뺨에 흘러내린 눈물을 거두었다. 그런 다음 다시 돌아갔다. 앨런이 그들이 좋아하는 음반을 전축에 올렸다. 그들은 그가 잘 아는 음악에 대해 대화를 나누었다. 결국 그녀가 그에게 대꾸를 했다. 시간이 흘러갔다.

9월 말의 어느 날, 그들은 전보 한 통을 받았다. 앨런의 어머니가 수술을 받게 되었다는 소식이었다. 그들은 짐을 꾸렸고, 무거운 마음으로 행복하게 지내온 그 집을 떠났다.

유예

* 3장 *

하얀 병실은 파리하게 말라가는 난초들이 담긴 작은 셀로판 상자들로 꽉 차 있었다. 헬렌 애시가 특유의 맹금 같은 눈길로 며느리를 응시했다. 그녀는 어느 기자가 자신에 관한 기사를 썼는지 더 이상 생각해내지 못했다. 하지만 10년 전부터 심각한 상황에 처하면 눈동자를 크게 뜨고 콧구멍을 수축했다. 조제가 그 징후를 알아보고 한숨을 쉬었다.

"그래서 무슨 소식이니? 오늘 아침에 앨런을 봤다. 얼굴이 오히려 좋아졌더구나. 하지만 앨런은 신경질적인 아이야."

"제 생각에 앨런은 항상 그랬어요. 어쨌든 모든 게 괜찮아요, 어머니. 어머니는 어떠세요? 수술은 별거 아니죠?"

맹금의 눈길이 체념한 표정으로 바뀌었다.

"남의 수술은 그리 심각해 보이지 않지. 가장 가까운 사람들에게조차."

"어머니의 경우엔 의사들한테도요. 그리고 저는 그게 안심이 돼요." 조제가 평온하게 말했다.

침묵이 내려앉았다. 헬렌 애시는 누가 자신의 레퍼토리를 망치는 것을 좋아하지 않았다. 오늘 그녀의 레퍼토리는 위험한 수술을 받으러 떠나기 전 연약한 아들을 며느리에게 맡기는 것이었다. 조제는 시어머니의 손에 끼워진 반지들을 멍하니 보며 감탄하고 있었다. 그녀가 조제의 팔에 손을 얹었다.

"이 사파이어 참 황홀하네요." 조제가 말했다.

"이 모든 것이 곧 네 것이 될 거다. 그래, 그렇지." 조제가 손사래를 쳤고, 헬렌은 이어서 말했다. "그래, 곧 그렇게 될 거다. 이것들이 견디기 힘들었던 늙은 여자의 죽음에서 너를 위로하는 데 도움이 될 거야."

헬렌 애시는 조제가 자신의 건강, 나이 그리고 성격에 관해 여러 가지 항변을 해줄 거라 기대했다. 그리고 자신을 향한 조제의 애정도. 그러나 그녀가 듣게 된 말은 기대와는 전혀 달랐다.

"아, 아니에요! 저는 됐어요. 그리고 저는 어머니가 돌아가셔도 울지 않을 거예요. 어머니도 가족 중에 불쌍히 여겨야 할 늙은 숙부님이 없으시죠?" 조제가 일어나며 말했다.

"이런, 조제…… 너 신경이 극도로 예민해 있구나."

"네. 신경이 굉장히 곤두서 있어요……." 조제가 대답했다.

"플로리다에서……."

"플로리다에서는 날씨가 좋았어요, 그게 다예요."

"그게 다라고?"

조제는 헬렌의 어조에 놀랐다. 눈을 내리까는 헬렌을 조제는 가만히 응시했다.

"앨런이 어느 날 밤 나에게 전화를 했었다. 하지만 네가 모든 걸 나에게 이야기해줄 수 있겠지, 조제. 같은 여자로서 말이다……."

"리카르도 이야기요?"

"난 그 남자 이름은 몰라. 앨런은 제정신이 아니었어. 그리고…… 조제……."

조제는 이미 밖으로 나와버린 뒤였다. 밖으로 나가야만 진정이 될 것 같았다. 뉴욕의 길거리는 화창하고 떠들썩했다. 언제나 그렇듯이 공기가 상쾌했고 사람을 자극했다.

"리카르도……. 이 이름이 날 미치게 하네." 그녀는 미소 지으며 중얼거렸다. 그의 얼굴을 떠올려보았지만 생각나지 않았다. 앨런은 엄마의 수술을 위한 서류에 서명을 하고 있었다. 그가 받아들인 유일한 일이었다. 조제는 걸어서 대로를 거슬러 올라가기로 마음먹었다.

그리고 도시의 향기를, 군중의 분주한 표정을, 하이힐을

신고 걷는 느낌을 되찾았다. 길에서 베르나르와 마주쳤을 때 그녀는 반색하며 기뻐했다. 그들은 너무 놀라 서로의 얼굴을 뚫어져라 쳐다보다가 포옹을 나누었다.

"조제…… 난 네가 죽은 줄 알았어."

"결혼을 한 것뿐이야."

베르나르가 웃음을 터뜨렸다. 그는 몇 년 전 파리에서 그녀에게 홀딱 반했었다. 그가 야윈 몸에 낡은 레인코트를 걸친 채 흐릿해진 눈으로 어쩔 줄 몰라하며 그녀에게 작별 인사를 하던 모습이 기억났다. 지금 그는 체격이 좋아지고 피부가 가무잡잡해진 모습으로 미소 짓고 있었다. 갑자기 가족을, 과거를 되찾은 기분이, 그녀 자신을 되찾은 기분이 들었다. 그녀는 웃음을 터뜨렸다.

"베르나르, 베르나르……. 이렇게 만나서 얼마나 기쁜지 모르겠어! 그런데 여기서 뭐 해?"

"여기서 내 책이 나왔어. 너도 알겠지만 내가 결국 상을 받았잖아."

"그래서 잘난 척하는 거야?"

"그럼. 부자가 됐고, 여자들에게 인기 있는 남자도 되었지. 한창 잘나가는 작가 말이야. 걸작을 쓴."

"걸작을 썼다고?"

"아니. 책이 성공한 거지. 하지만 그렇게 말하지는 않아. 그렇게 생각만 할 뿐이지. 우리 뭐 좀 마시러 가자."

베르나르는 조제를 어느 바로 이끌었다. 그녀는 그를 바라보고는 빙긋이 웃었다. 그는 파리에 대해, 친구들에 대해, 자신이 이뤄낸 성공에 대해 조제에게 이야기했고, 조제는 자신이 늘 좋아했던 쾌활함과 신랄함이 섞인 그의 성향을 다시금 발견했다. 언젠가 그가 그런 성향 때문에 힘들어해서 그녀가 위로해준 적도 있지만, 그녀에게 그는 늘 오빠 같은 존재였다. 그것도 너무나 옛날 일이었다. 그사이 그녀는 앨런을 만났다. 그녀의 표정이 어두워졌고, 베르나르는 하던 이야기를 멈추었다.

"너는 어떻게 지내? 네 남편은? 미국인이야?"

"응."

"친절하고, 성실하고, 침착하고, 너를 열렬히 사랑해?"

"그렇다고 생각했어."

"심술 사납고, 괴상하고, 잔인하고, 경솔하고, 난폭해?"

"그것도 아니야."

베르나르가 웃음을 터뜨렸다.

"내 말 잘 들어봐, 조제. 난 너에게 극단적인 두 유형의 남자상을 그려준 거야. 네가 희대의 괴상한 녀석을 만났다 해도 난 놀라지 않아. 하지만 설명 좀 해봐."

"그게…… 그 사람은……." 조제가 갑자기 울음을 터뜨렸다.

그녀는 베르나르의 어깨에 기대어 한동안 울었다. 베르나르는 이 상황이 충격적이고 당황스러웠다. 그녀는 앨런과 그녀 자신 때문에, 그들이 서로에게 어땠는지 때문에, 결국 다 끝났거나 끝날 거라는 생각 때문에 한참 동안 울었다. 이 만남은 그녀가 여섯 달 전부터 자신이 실수했다는 사실을 외면해왔음을 깨닫게 해주었다. 그녀는 자기 자신에 대해 지나친 애착을 갖고 있었다. 실수해도 무조건 견디고 보는 태도에 지나친 자부심을 갖고 있었다. 그러나 그 달콤한 악몽은 끝났다.

베르나르는 손수건을 꺼내 얼굴을 이리저리 닦고는, 불분명한 말을 중얼거렸다. 그 같잖고 더러운 녀석을 향한 협박 비슷한 말들이었다.

"나 그 사람하고 헤어질 거야." 마침내 그녀가 말했다.

"그 사람 사랑해?"

"아니."

"그럼 이제 그만 울어. 아무 말 말고 뭐 좀 마셔. 이러다 완전히 탈수 상태가 되겠어. 그런데 조제, 더 예뻐졌다. 알겠지만."

그녀는 웃음을 터뜨리며 그의 손을 잡았다.

"언제 떠나?"

"열흘 뒤에. 나랑 같이 떠날래?"

"응, 그동안 날 외면하지 마. 지나친 부탁은 아니겠지."

"난 라디오 방송에 나가야 해. 앞뒤에 구두 광고가 나오는 방송이지. 정해진 스케줄은 그게 전부야. 그냥 한가롭게 빈둥거릴 생각이었어. 네가 나에게 뉴욕 구경을 시켜주면 되겠다."

"그래. 오늘 저녁에 우리 집으로 와서 앨런을 만나줘. 이런 상태로 계속 갈 순 없다고 앨런한테 말해줘. 아마도 네 말은 귀담아들을 거야. 그리고……."

베르나르가 펄쩍 뛰었다.

"무슨 정신 나간 소리야. 네가 직접 말해야지. 생각해봐."

"난 못 할 것 같아."

"내 말 잘 들어. 미국에서 이혼은 흔한 일이야."

조제는 앨런에 대해 베르나르에게 이야기하려고 했다. 하지만 베르나르는 자신의 언변이 보잘것없다고 말했고, 상식, 신경증, 즉결 이혼에 대해 계속 이야기했다.

"그 사람한텐 나밖에 없어." 조제가 절망적으로 말했다.

"그런 바보 같은 말이 어디 있어." 베르나르가 말했다. 그는 잠시 입을 다물었다가 이어서 말했다.

"미안해. 옛날 생각에 내가 질투가 났나봐. 오늘 저녁에 갈게. 걱정하지 마. 갈 테니까."

2년 전에는 이런 말이 그녀를 웃게 했다. 하지만 지금 그녀는 안도감을 느꼈다. 베르나르가 그렇게 생각하든 아니든, 성공이 그를 균형 잡힌 사람으로 만들어준 것은 사실이었다. 결국 그녀는 그에게 보호를 요청했다. 그녀는 예전의 매력을 여전히 갖고 있었다. 그들은 서로에 대한 깊은 인상을 간직한 채 헤어졌다.

짙은 색 정장을 입은 앨런이 놀라우리만치 잘생긴 모습으로 거울 앞에 서서 넥타이를 매고 있었다. 조제는 벌써 준비를 마치고 그를 기다렸다. 앨런에게는 괴벽이 하나 있었다. 조제가 옷 갈아입고 화장하는 모습을 지켜보며 도와준다는 핑계로 그녀를 불편하게 하고 성가시게 했다. 그런 다음 일종의 나르시시즘을 느끼며 그녀 앞에서 천천히 옷을 갈아입는 것이다. 그녀는 그의 그을린 상체에, 매끈한 허리에, 탄탄한 목에 다시 한번 감탄했다. 머지않아 그런 것들이 더 이상 내 것이 아니게 된다는 생각을 했고, 자기가 앨런의 이 잘생긴 모습을 다른 것들만큼이나 그리워하게 되지 않을지 약간의 부끄러움을 느끼며 궁금해했다.

"저녁 어디서 먹을까?"

"당신이 먹고 싶은 데서."

"참, 나 당신에게 말하려다 잊어버린 게 있어. 오늘 우연히 예전 친구를 만났어. 베르나르 팔리그라고 프랑스 사람이야. 소설 몇 권을 썼는데, 이번에 여기서 책이 나왔대. 그 친구를 저녁 식사에 초대했어."

잠시 침묵이 흘렀다. 어차피 열흘 뒤에 떠날 건데 왜 자신이 앨런의 반응에 이렇게 신경 쓰는지 조제는 궁금했다. 하지만 앨런의 반응에 신경 쓰지 않는다는 건 2시간 전의 불가피했던 만남만큼이나 불가능해 보였다.

"왜 좀 더 일찍 말하지 않았어?"

"생각을 못 했어."

"당신이랑 사귀었던 사람이야?"

"아니야."

"그 사람이랑 정말 아무 일도 없었다고? 그 사람 애꾸눈이야, 뭐야?"

조제는 잠시 숨을 죽였다. 갈비뼈 사이에 분노의 매듭이 조여드는 것을 느꼈다. 목을 지나가는 동맥에서 갑자기 맥

박이 느껴져서 그 박동수를 헤아려보았다. 하마터면 침착하고도 단호한 목소리로 '나 이혼할 거야'라고 말할 뻔했다. 그리고 다음 순간 상대에게 고통을 주고 싶을 때만 복수하듯 그 사람을 떠날 수 있는 거라고 생각했다.

"베르나르는 굉장히 친절한 사람이야. 당신도 그 사람이 마음에 들 거야." 그녀가 말했다.

앨런은 잘못 매듭지어진 넥타이를 손가락에 걸친 채 꼼짝 않고 있었다. 그가 그녀의 부드러운 목소리에 놀라 거울 속에서 눈을 들어 그녀를 바라보았다.

"용서해줘. 질투심 때문에 바보가 되어버렸나 봐. 서글픈 일인 데다 무례하기까지 했네. 변명의 여지가 없어." 그가 말했다.

'인간적으로 굴지 마. 태도를 바꾸지 말라고. 내 무기를 없애지 말고, 당신을 떠날 좋은 이유들도 없애지 마. 나한테 그러지 말라고.' 조제는 생각했다.

그녀는 그를 떠날 용기가 없지만 떠나야 했다. 절대적으로 그래야만 했다. 이제는 결심이 섰고, 앨런 없는 삶을 막연하게나마 상상해보았다. 그녀는 말로 표현하기 힘든 현기증 속에서 살고 있었다. 하지만 그녀가 말하지 않고 아무런 행동도 하지 않은 이상, 그녀의 결심은 존재하지 않았다.

"사실 그 친구랑 사흘 동안 일이 좀 있었어."

"그래? 그 시골 작가였군. 그 친구 이름이 뭐랬지?" 앨런이 물었다.

"베르나르 팔리그."

"어느 날 저녁엔가 당신이 나에게 말한 적 있어. 당신이 그 사람을 찾아가서 부인이 기다린다는 이야기를 전했다고. 그래서 그때 당신이 호텔에 머물렀다고. 그렇지?"

"응. 그래." 그녀가 대답했다.

푸아티에의 잿빛 광장이, 방 벽에 붙어 있던 낡은 종이가 갑자기 그녀의 눈에 선했다. 그녀는 그 지방의 향기를 불현듯 호흡했고, 미소를 지었다. 그 모든 것이 그녀의 머릿속에 떠올랐다. 일드프랑스의 온화한 언덕, 울타리가 둘린 작은 정원들, 오래된 집들, 파리 길거리의 공기, 황금빛 지중해, 추억들.

"당신한테 그 말을 했던 걸 미처 떠올리지 못했어."

"당신은 나에게 많은 걸 말했어. 내가 당신에 대해 알지 못하는 건 당신 자신도 잊어버린 것들이지. 난 당신에게서 모든 걸 빼앗았으니까."

앨런이 조제를 돌아보았다. 그가 이렇게 옷을 차려입은 건 실로 오랜만이었다. 감색 정장을 입은 이 남자, 경직된 눈빛을 한 어린아이 같은 얼굴이 갑자기 낯설게 느껴졌다. '앨런.' 그녀 안의 어떤 목소리가 탄식했다. 하지만 그녀는 꼼짝 않고 있었다.

"우린 누구에게서도 모든 걸 빼앗진 못해. 걱정하지 마. 그리고 베르나르가 기분 상하지 않도록 친절하게 대해줘."

"당신 친구들이 곧 내 친구들이지." 앨런이 말했다.

그들은 서로에게서 눈을 떼지 않았다. 그녀가 웃음을 터뜨렸다.

"적대적이네……. 우리가 이렇게 되었어. 서로에게 적대적이 되었다고."

"그래, 하지만 난 당신을 사랑해. 이리 와, 서재에서 당신 친구를 기다리자." 앨런이 다정한 목소리로 말했다.

그가 그녀의 팔을 잡았고, 그녀는 기계적으로 그에게 몸을 기댔다. 그녀가 이 팔에 몸을 기댄 지 얼마나 되었지? 1년, 2년? 이제는 생각이 나지 않았다. 이 팔이 그리워질까 봐, 손을 어디에 둘지 더 이상 알지 못하게 될까봐 갑자기 두려워졌다. 보호……. 신경증이 있는 이 남자가 그녀를 보호해주고 있다. 기분 좋은 조롱거리이다.

베르나르가 정시에 도착했다. 그들은 예의를 갖추고 뉴욕에 대해 대화를 나누며 칵테일을 마셨다. 조제는 자신의 두

세계가 만나고 있는 느낌을 받았다. 하지만 사실 그녀는 키가 비슷하고 똑같이 잘 교육받은, 그녀에게 연정을 가졌었거나 가지고 있는 두 남자와 드라이[2]를 마시고 있었다. 앨런은 미소를 띠고 있었고, 도착했을 때 거만이 가득했던 베르나르의 눈빛은 이내 짜증스러운 눈빛으로 바뀌어 있었다. 앨런이 얼마나 잘생겼는지 그녀는 잊고 있었다. 이상하지만 그녀는 그가 잘생겼다는 사실에 자부심을 느꼈다. 그러느라 칵테일 셰이커 확인하는 것을 잊었고, 베르나르의 표현력 풍부한 몸짓에 앨런 쪽을 돌아보았다. 그는 담뱃갑에서 담배 한 개비를 꺼내느라 애를 먹고 있었다.

"우리 저녁 먹으러 갈 수 있겠지." 조제가 말했다.

"마지막으로 한 잔 더 하시죠." 앨런이 말했다. 그는 다정한 어조로 이렇게 제안하고는 베르나르 쪽을 돌아보았지만, 베르나르는 거절했다.

"한 잔 더 하세요. 저는 그러면 좋겠습니다." 앨런이 재차 말했다.

순간 분위기에 긴장이 흘렀다. 베르나르가 일어서서 말했다.

2 진이나 베르무트처럼 단맛이 적은 주류로 만든 칵테일.

"아뇨, 됐습니다. 저는 무척 배가 고파요."

"저랑 건배 한번 하시죠. 거절하시면 안 됩니다." 앨런이 말했다.

"베르나르가 그러고 싶지 않다는데……." 조제가 끼어들었다. 하지만 앨런이 그녀의 말을 잘랐다.

"어때요, 베르나르?"

두 남자는 서로를 마주 보았다.

'앨런은 근육질이지만 지금은 술에 취했어. 그런데 베르나르가 힘이 센지 어떤지 생각이 잘 안 나네……. 비교해부학 강의를 떠올려야 할 순간이야.' 그녀는 앨런의 손에서 술잔을 빼앗았다.

"내가 함께 마실게. 베르나르도 같이 마셔요. 우리 무엇을 위해 건배할까?"

"푸아티에를 위해." 앨런이 말했다. 그러고는 술잔을 단숨에 비웠다.

베르나르가 자기 잔을 들어올리며 말했다.

"키웨스트를 위해. 예의는 언제나 가치가 있죠."

"이 멋진 밤을 위해." 조제가 말했다.

그러고는 웃음을 터뜨렸다.

세 사람은 새벽에야 할렘에서 돌아왔다. 센트럴 파크에 낀 연보랏빛 안개 속에 마천루가 다시 모습을 드러냈고, 노랗게 물든 나무 잎사귀들은 차가운 새벽 공기에 젊음을 되찾는 것 같았다.

"참 아름다운 도시예요!" 베르나르가 낮은 소리로 말했다.

조제가 고개를 끄덕였다. 밤 시간 내내 그랬던 것처럼 그녀는 두 남자 사이에 있었다. 두 남자는 그녀를 자기들 사이에 앉혔고, 번갈아가며 춤도 추었다. 앨런은 이번에는 절제해가며 마셨고, 지나친 농담도 하지 않았다. 베르나르는 조금 긴장해 있었다. 조제는 그들이 그녀를 거치지 않고 직접 대화를 나누고 있다는 것을 깨닫지 못했다. '비참한 인생이야. 정말 비참한 인생. 그리고 아마도 사람들이 부러워할 만한 인생이지.' 그녀는 생각했다. 앨런이 담배꽁초를 버리기 위해 차창을 열자 차가운 공기가 택시 안으로 밀려 들어왔다.

"춥네. 모든 곳이 다 추워." 앨런이 말했다.

"플로리다만 빼고." 조제가 말했다.

"플로리다도 마찬가지입니다, 친애하는 베르나르." 앨런이 갑자기 부르는 바람에 베르나르는 깜짝 놀랐다. "베르나르, 우리 사이에 앉아 있는 이 젊은 여자는 잠시 잊어버립시다. 나는 당신이 프랑스 사람인 걸 잊고, 당신은 내가 명문가의 아들인 것을 잊자고요."

베르나르는 어깨를 으쓱했다.

'이상하네. 베르나르는 내가 앨런을 떠나 자기와 함께 파리로 돌아갈 거라는 걸 알고 있어. 그런데 왜 화가 나 있는 거지?' 조제는 생각했다.

"자, 잊었으니 이제 이야기를 좀 나누지요. 택시! 어디든 좋으니 술집으로 데려다주세요." 앨런이 외쳤다.

"난 졸려." 조제가 말했다.

"나중에 자면 되잖아. 나는 사랑에 대해 라틴식 견해를 가졌고, 우리 부부 문제에 관해 나를 깨우쳐줄 수 있는 친구 베르나르와 이야기를 나눠야 해. 또 목도 마르고."

그들은 보카주[3]라는 이름의, 손님이 별로 없는 브로드웨이의 작은 술집으로 들어갔다. 술집 이름에 조제는 슬며시 웃음이 나왔다. 이 술집 주인은 노르망디 지방의 풍경에 대해 어떤 인식을 갖고 있는 걸까? 아니면 그냥 이 단어의 발

3 '보카주bocage'는 프랑스어로 풍경, 특히 나무가 많은 프랑스 노르망디 지방의 풍경을 뜻한다.

음이 마음에 들었던 걸까? 앨런이 술 석 잔을 주문했다. 혹시 다른 걸 마시고 싶어도 세 사람 다 그걸 마셔야 한다고 위협했다.

"그러니까 우린 조제를 잊은 겁니다. 그리고 난 당신을 알지 못해요. 난 당신이 술집에서 우연히 만난, 인생 이야기로 당신을 귀찮게 하는 취객입니다. 난 당신을 장이라고 부를 거예요. 전형적인 프랑스 이름이니까요." 앨런이 말했다.

"그럼 장이라고 부르세요." 베르나르가 대답했다.

베르나르는 잠에 휘둘리고 있었다.

"친애하는 장, 사랑에 대해 어떻게 생각합니까?"

"아무 생각도 안 해요." 베르나르가 말했다. "정말 아무 생각도 없습니다."

"그건 진실이 아니에요, 장. 나는 당신의 작품들을 읽어봤어요. 당신은 사랑에 대해 많은 것을 생각하더군요. 그런데 나는 사랑에 빠졌습니다. 어떤 여자하고. 내 아내하고요. 가학적이고 탐욕스러운 사랑에 빠졌어요. 내가 어떻게 해야 할까요? 그 여자는 나를 떠날 생각을 하고 있습니다."

조제가 앨런을 보고 베르나르를 보았다. 베르나르는 잠이 다 깨버린 표정이었다.

"그녀가 당신을 떠나려 하고 당신이 그 이유를 안다면 내가 무슨 말을 더 할 수 있겠습니까."

"내 생각을 당신에게 설명하고 싶어요. 우리는 사랑을 추구하죠. 그러려면 두 사람이 있어야 해요. 그런데 둘 중 한 사람이 사랑을 지배하는 경우가 있어요. 내 경우가 바로 그렇습니다. 내 아내는 나에게 반했어요. 부드럽고 고갈되지 않는 열매를 먹으려고 암사슴처럼 내 손을 향해 다가왔습니다. 그녀는 내가 먹일 수 있는 유일한 암사슴이었어요."

앨런은 술잔을 단숨에 비우고는 조제를 보며 미소 지었다.

"이런 비유를 하는 걸 용서하십시오, 친애하는 장. 미국인들은 시인 같을 때가 많아요. 간단히 말해, 내 아내는 실컷 사랑받고 있습니다. 그저 다른 걸 먹고 싶거나 내가 억지로 자기에게 먹이는 걸 견디지 못하는 거라고요. 하지만 내 손바닥엔 늘 열매가 있고 그걸 그녀에게 주고 싶어요. 내가 어떻게 해야 하죠?"

"그녀의 손에도 열매가 있다고 상상하면 되죠……. 그런데 당신의 비유는 좀 그러네요. 당신 자신에게 그런 너그러운 증여자의 이미지를 부여하기보다는 그녀에게도 뭔가 줄 것이 있다고 생각하고 그녀를 이해할 수도 있었을 텐데요. 저는 잘 모르지만……."

"당신 결혼했습니까, 안 했습니까, 장?"

"했습니다." 베르나르가 대답했다. 그의 얼굴이 일그러졌다.

"당신 아내는 당신을 사랑하고 당신을 먹이겠지요. 설령 그녀가 당신을 싫증 나게 해도 당신은 그녀를 떠나지 않을 거고요."

"잘 아시네요."

"당신이 연민이라고 부르는 그것 때문에 그녀를 떠나지 않을 겁니다. 그렇죠?"

"그건 당신하고는 상관이 없죠. 우린 지금 당신 이야기를 하고 있습니다." 베르나르가 말했다.

"난 사랑에 대해 이야기하고 있어요. 그걸 축하해야 합니다. 이봐요, 바텐더……." 앨런이 말했다.

"그만 마셔." 조제가 그를 만류했다.

조제는 낮은 소리로 이야기했다. 기분이 좋지 않았다. 그녀가 앨런의 사랑을 먹고 거기서 살아갈 이유를 - 혹은 관심사를 - 찾은 것은 사실이었다. 그녀는 남몰래 생각했다. 하지만 더 이상 견딜 수 없는 것도 사실이었다. 앨런이 말한 대로 이제는 '억지로 먹는' 걸 원하지 않았다. 앨런이 이어서 말했다.

"그러니까 당신 아내는 당신을 싫증 나게 하는군요, 친애하는 장. 오래전에 당신은 조제를 사랑했지요. 조제를 사랑할 수 있다고 믿었고요. 그녀는 당신에게 굴복했고, 당신들은 같은 음표에 관한 슬프고 감상적인 희극을 함께 공연했어요. 당신들의 바이올린은 단조에서 화음이 잘 맞죠."

"그렇게 생각하신다면요." 베르나르가 대꾸했다.

베르나르가 조제를 바라보았다. 그들은 서로에게 미소 짓지 않았다. 그 순간 조제는 그를 열렬히 사랑하기 위해서라면, 앨런의 말에 반박하기 위해서라면, 세상에 무엇이라도 줄 수 있을 것 같았다. 베르나르가 그것을 알아차리고 얼굴이 붉어졌다.

"그런데 당신은요, 앨런? 당신은 무엇을 했나요? 당신은 한 여자를 사랑했고 그 여자를 당신이라는 존재에 중독되게 만들었어요." 베르나르가 말했다.

"그것도 대단한 일이죠. 누군가가 그녀를 채워줄 수 있다고 생각합니까?"

앨런이 이렇게 말하고는 조제를 돌아보았다. 조제는 천천히 몸을 일으켰다.

"이런 토론을 해줘서 참 기뻐. 어차피 두 사람은 내 존재를 잊고 있으니 난 그만 가서 자야겠어."

조제는 밖으로 나갔고, 그들은 자리에서 일어선 채 가만히 있었다. 그녀는 곧바로 택시를 잡았다. 어렴풋이 알고 있는 한 호텔의 주소를 택시 기사에게 알려주었다.

"시간이 늦었네요. 가서 주무시기엔 너무 늦었어요." 사정에 훤한 택시 기사가 중얼거렸다.

"네. 너무 늦었어요." 그녀가 말했다.

그러고는 새벽에 뉴욕을 가로질러 달리는 택시 안에서 자기를 사랑하는 남편을 떠날 생각을 하며 심각한 목소리로 '너무 늦었어요'라고 말하는 스물일곱 살 자신의 모습을 갑자기 깨달았다. 그녀는 평생 자신이 상황을 돌아보지 못할 거라고, 상황을 통제하지 못할 거라고, 행동하고 있는 '자기 모습을 보지 못할' 거라고 생각했다. 그저 택시 안에서 울거나 아니면 법규에 따라 좌석에 핀으로 고정해놓은 명패처럼 운전기사의 이름이 정말로 실비우스 마르쿠스인지 멍하니 궁금해하는 대신 두려움이 자신을 덮쳐오도록 내버려둘 수만 있을 거라고 생각했다.

파리행 비행기표, 칫솔 그리고 치약 – 모두 그날 오후에 필요한 것들이었다 – 을 주문한 뒤 몸을 웅크리고 눕자 특징 없는 방 안으로 햇빛이 흐릿하게 들어왔고, 그녀는 추위에, 피로에, 결핍에 몸을 떨었다. 그녀는 앨런에게 몸을 붙이고 자는 습관이 있었다. 잠깐 잠이 든 30분 동안, 자신의 인생이 커다란 비극처럼 느껴졌다.

* 4장 *

바람이 지독히도 세차게 불어 나뭇가지들을 부러뜨렸다. 틈새가 있고 모양이 변형된 나뭇가지들을 한순간 들어올리더니 지면으로 떨어뜨렸다. 떨어진 나뭇가지들은 지면의 먼지와 오그라든 풀 속을 굴러다니다가 마침내 진창 속에 완전히 파묻혀버렸다. 조제는 문 앞에서 잔디밭을, 누런 빛으로 물든 들판을, 미친 듯이 흔들리는 마로니에 나무들을 보고 있었다. 커다란 나뭇가지 하나가 갑자기 날카로운 외마디 소리를 내며 줄기에서 떨어져나오더니 바람 때문에 공중으로 튀어올랐다가, 조제의 발치에 와서 떨어졌다. "이카로스." 그녀가 중얼거렸다. 그녀는 그 나뭇가지를 주워들었다. 날이 추웠다. 집 안으로 들어가 침실로 올라갔다. 신문들로 뒤덮인 테이블과 큼직한 옷장 말고는 별다른 가구가 없는 타일 깔린 방이었다. 그녀는 꺾인 나뭇가지를 침대 베개 위에 올려놓았다. 그런 다음 잠시 감탄하며 바라보았다. 꺾이고, 바람에 이리저리 날리고, 누렇게 변한 나뭇가지는 마치 뒤집힌 구명보트, 묘지의 꽃다발 같았다. 황폐 그 자체였다.

조제는 2주 전부터 거친 가을을 맞아 황폐해진 이 노르망디 시골에 살고 있었고 아무것도 하지 않았다. 파리에 도착하자마자 그녀는 너무나 만족스러운 부동산 중개사무소를 통해 투렌이나 리무쟁에서 빌렸을 법한, 외딴곳에 있는 이 낡은 집을 빌렸다. 자신의 거취를 아무에게도 알리지 않았다. 냉정을 되찾고 싶었고, 지금은 그 표현의 신랄함을 깨닫는 중이었다. 그녀가 되찾을 것은 아무것도 없었다. 참으로 많은 소설에서 그 동사를 읽은 것 같았다. 이곳에선 바람이 모든 것을 붙잡고 모든 것을 놓아주었다. 저녁마다 벽난로에 불을 피우는 즐거움이, 흙냄새와 고독이 가져다주는 즐거움이 있었다. 간단히 말해 시골이었다. 그녀는 귀국길의 비행기 안에서 인생을 재건축하고 시골집을 다시 짓는다는 상상에 그저 즐겁게 빠져들었을 정도로 아직 어렸다. 혹은 책을 통해서만 세상을 이해했다. 아무것도 파괴되지 않았고 아무것도 사라지지 않았다. 심지어 시간조차도. 그 모든 후회와 가슴을 에는 어렴풋한 기억들에도 불구하고, 삶의 신성함을, 육체의 균형을 받아들여야 했다. 그녀는 지루함을 무릅쓰고 이곳에 오래 머무를 수 있었고, 파리로 돌아가 다시 시작할 수도 있었다. 앨런이 이야기한 열매를, 혹은 안락함을 다시 찾아 나설 수 있었다. 아니면 다시 일을 시작하거나 인생을 즐길 수도 있었다. 바람 속으로 나가 산책을 즐기고, 전축에 음반을 올리고, 책을 읽을 수 있었다. 그녀는 자유로웠다. 불쾌하지 않았고, 흥분되지도 않았다. 이것이 바로 그녀의 성격 중 유일하게 변하지 않는 요소인 낙관주의였다.

그녀는 한때 절망했던 것을 떠올리지 않았다. 이따금 의기소침해져 멍한 상태가 되었을 뿐이다. 예전에 키우던 늙은 샴 고양이가 티푸스로 죽어서 울었던 일을 떠올렸다. 4년 전의 일이었을 것이다. 충격이 가져다준 격한 슬픔이, 눈물을 쏟게 하던 내면의 끔찍한 요동이 떠올랐다. 고양이의 몸짓들, 고양이가 불 앞에서 잠을 자던 일, 고양이의 자신만만한 태도를 호의적으로 받아들이던 일도. 그렇다, 그것은 최악의 일이다. 나를 온전히 믿어주던, 나에게 삶을 건네주던 누군가가 사라지는 일 말이다. 특히 어린아이를 잃는 것은 견딜 수 있는 일이 아닐 것이다. 반면 질투하는 남편을 잃는 것은 가장 견딜 만한 일일 것이다. 앨런……. 그는 무얼 하고 있을까? 뉴욕에서 이 술집 저 술집을 어슬렁거리고 있을까? 아니면 매일 엄마 손을 잡고 정신과 의사를 만나러 갈까? 아니면 더 단순하게 생각해 관대하고 귀여운 미국 여자랑 잠을 잘까? 이런 상상들 중 그 무엇도 그녀를 만족시켜주지 않았다. 그녀는 알고 싶었다.

조제는 집안 살림을 맡아 해주고 그녀가 밤에 혼자 있는 것을 무서워해 집에서 함께 지내는 피카르디 출신의 여자 정원사 말고는 아무와도 이야기를 나누지 않았다. 가끔 명확한 이유 없이, 그저 프랑스어를 하기 위해 그리고 읽지도 않고 뒤적거리기만 하는 신문을 사기 위해 마을에 갔다.

2년 만에 파리에 오니 믿을 수가 없었다. 그녀는 이 호텔 저 호텔에서 잠을 자며 옛 기억을 맞춰보느라 어리둥절해진 채로 사흘 동안 파리의 거리를 돌아다녔다. 변한 것은 아무것도 없었다. 예전에 그녀가 살던 아파트는 여전히 사람이 살지 않는 듯했다. 사람들의 표정도 똑같았다. 그녀는 아무도 만나지 않고 아무에게도 전화하지 않았다. 그러다 갑자기 시골에서 지내고 싶은 마음이 간절해져서 자동차 한 대를 빌려 도망치듯 떠나왔다. 부모님은 그녀가 여전히 플로리다에 있는 줄 알고 있었다. 아마도 뉴욕에서는 베르나르와 앨런이 그녀를 찾고 있을 것이다. 그녀는 집에서 혼자 코넌 도일의 책을 읽었다. 이 모든 것이 희극적이었다. 하지만 격심한 고통 속에서 오직 바람만이 진지하게 느껴졌다. 오직 바람만이 정확한 목표를 추구하고 목적지가 있는 것 같았다. 나중에 바람이 잦아들면 정원사가 잔디밭에서 바람의 희생양들을 주워 모아 태울 것이다. 풀을 태우는 달콤한 향기가 창문을 통해 풍겨오고, 그녀를 셜록 홈스의 모험에서 끌어내고, 한 번 더 향수에 굴복시킬 것이다. 밤의 흙냄새처럼, 좀약 냄새가 나는 침대시트의 오톨도톨한 촉감처럼, 너무나 가깝지만 이미 멀어진 청춘을 떠올리게 하는 모든 것처럼, 방향제처럼. 개가 문을 긁어댔다. 근처 농장의 개였다. 그 개는 그녀를 좋아했고, 그녀의 무릎에 머리를 얹고 몇 시간을 보냈다. 가엽게도 그 개는 침을 조금 흘렸다. 그녀가 개에게 문을 열어주었다. 그때 복도 창문으로 우체부가 보였다. 이 집에 우체부가 온 것은 처음이었다.

우체부가 가져온 전보에는 이렇게 적혀 있었다. '파리에서 긴급히 기다림. 애정을 담아. 베르나르.' 그녀는 침대에 앉아 꺾인 나뭇가지를 멍하니 쓰다듬었고, 그것과 같은 색으로 외투를 한 벌 맞춰야겠다고 생각했다. 개가 그녀를 쳐다보았다.

파리

* 5장 *

"조제, 난 널 알아. 넌 혼자 있고 싶었을 거고 시골이 좋았을 거야. 그래서 시골에 집을 빌리고 싶었을 테고. 너는 매사에 단순하게 행동하니까 업종별 전화번호부를 펼쳐 부동산 중개사무소 전화번호를 찾았겠지. 검은색 테두리로 강조된 첫 번째 중개사무소를 골랐을 거고. 그런 다음 한 달 동안 머물 시골집을 구해달라고 부탁했겠지. 너를 찾으려고 나도 똑같이 했어. 그런데 첫 번째가 아니라 두 번째 중개사무소였어. 이유가 뭐야?"

"첫 번째 중개사무소가 통화 중이었어." 조제가 침울하게 대답했다.

베르나르는 스스로에게 꽤나 만족하며 어깨를 으쓱했다.

"그랬을 거라 짐작했어. 부동산 중개사무소에서 어떤 정신 나간 젊은 여자가 10월에 난방도 되지 않는 노르망디의 시골집을 빌렸다고 말할 때 확신이 서더라. 거기로 널 찾으러 갈 생각도 했지."

"그런데?"

"그런데 막상 못 하겠더라고. 네가 워낙 갑작스럽게 떠나버렸으니까. 나는 앨런과 함께 뉴욕 여기저기를 누비고 다녔어. 그날 새벽에 우리 좋았잖아. 결국 앨런이 에어 프랑스를 생각해냈지만 한 시간 늦었더군."

"그래서 어떻게 했어?"

"다음 단계로 넘어갔지. 다음 비행기를 탔어. 라디오 방송은 펑크냈고. 내 짐들도 겨우 가져왔지."

"그럼 앨런도 여기 왔어?"

조제가 자리에서 일어났다. 베르나르는 그녀를 다시 앉혔다.

"도망치지 마. 앨런은 2주 전에 여기에 왔어. 리츠 호텔에 묵고 있어. 우린 너를 뒤쫓으려고 셜록 홈스와 레미 코션[4]이 되었다니까……."

"셜록 홈스라. 재미있네. 얼마 전에 나도 읽었는데……."

"난 셜록 홈스만큼 영리하지 못해. 하지만 너의 습관들을 알고 있지. 부탁인데 제발 뭐라도 해. 이혼하든가 아니면 브라질로 달아나든가. 앨런을 나한테 떠맡기지 말고. 그 사람

---

4 영국의 추리소설가 피터 체니(Peter Cheyney, 1896~1951)의 소설 속 등장인물. 미국인 FBI 요원.

나한테 찰싹 붙어서 안 떨어져. 나한테 거의 우정을 품으면서 혹시라도 네가 나한테 연락을 해오면 나를 미워하려고 작정하고 기다린다니까. 더는 감당 못 하겠어."

베르나르가 소파에서 몸을 뒤로 젖혔다. 그들은 조제가 오랫동안 살았던 좌안의 작은 호텔 안에 있었다. 그녀가 갑자기 베르나르의 몸을 흔들며 말했다.

"그걸 불평하면 안 되지, 안 그래? 겨우 2주 가지고! 난 그 사람이랑 18개월이나 함께 살았다고."

"그래, 네가 그 사실에서 내가 받지 못한 어떤 보상이라도 받아야겠지."

조제는 주저하다가 웃음을 터뜨렸다. 그 웃음이 베르나르에게 전염되었고, 두 사람은 소파에 몸을 구부린 채 한동안 신음과 딸꾹질을 하며 눈물이 나도록 웃어댔다.

"넌 정말 상상을 뛰어넘는구나. 상상초월이라고. 자기 결혼 생활 문제로 나를 비난하다니, 너를 엄청 사랑했던 나를……. 아……! 여전히 널 좋아하는 나를……. 아! 2주 전부터 네 남편의 손을 잡고 다니는 나를……. 정말 믿을 수가 없네……." 베르나르가 껄껄대며 말했다.

"조용히 좀 해. 웃음을 멈추고 생각해보게……. 난 시골에서 생각을 하고 싶었어……. 아! 네가 그런 나를 봤다면…….

그런데 난 아무 생각도 하지 않았어, 벌벌 떨기만 했지……. 거기엔 침 흘리는 예쁜 개가 있었고……. 아……!" 조제가 말했다.

그 개를 떠올리자 그들은 다시 한번 미친 듯이 웃었고, 마침내 얼굴이 벌게지고 기진맥진한 채 서로를 마주 보았다. 베르나르에게 손수건이 있었고, 그들은 사이좋게 손수건을 나눠 썼다.

"내가 어떻게 해야 돼?" 조제가 말했다.

지금 앨런이 그녀와 같은 도시에, 아마도 매우 가까운 곳에 있었다. 그녀의 심장이 무겁게 두방망이질했다. 심장은 거추장스럽고 통제할 수 없는 까다로운 물건이 되었다.

"이혼하고 싶으면 절차를 밟아. 그러면 되는 거야. 앨런이 널 죽이지는 않을 거야."

"그건 날 위한 게 아니야, 그 사람을 위한 거지……. 난 모르겠어."

"이제 알겠다. 앨런은 괴상한 녀석이야. 같이 있다 헤어진 뒤 앨런이 혼자 파리를 돌아다니고 있을 거라 생각하니 내 몸이 떨려오더라고. 앨런이 나에게서 나도 모르던 모성본능을 이끌어낸 거지." 베르나르가 말했다.

"너도 그랬어? 나, 나는……."

"하지만 부부로 사는 데 그것만으로는 충분하지 않은 것 같아. 판단은 네 몫이야. 일단 당장 세브랭의 칵테일파티에 가봐. 거기 앨런은 없을 거야. 난 그만 가봐야 해. 혹시 몰라 다시 말하는데 앨런은 리츠 호텔에 있어. 열다섯 명의 영국 아줌마들의 예의 주시하는 눈길을 받으면서." 베르나르가 엄격한 어조로 말했다.

조제는 어쩔 줄 몰라하며 문에 몸을 기대고 있다가 짐 가방으로 돌진했다. 이곳에 있으면서 시간을 족히 2시간이나 흘려보냈다. 그런데 칵테일파티까지. 생각해볼 필요도 없다. 칵테일파티에 가봤자 원칙과 고정관념들로 가득한, 그녀에게 충고나 하려는 누군가를 만날 것이다.

'결국 내가 비겁한 거야. 내 인생을 결정할 사람은 바로 나인데.' 그녀는 생각했다. 하지만 그녀의 인생은 어수선하고 우스꽝스러운 잡동사니 같았다. 그녀는 깔깔대며 웃던 베르나르를 생각했고, 거울 속 자신에게 미소를 지었다. 그런 다음 그가 넌지시 암시한 짧은 문장을 떠올렸다. '너를 엄청 사랑했던 나를……. 아……! 여전히 널 좋아하는 나를…….' 그녀는 옷걸이 하나를 가져와 거기에 원피스를 정성들여 걸었다. 예쁜 원피스였고 그녀에게 잘 어울렸다. 그렇다, 사람들은 그녀를 사랑했다. 그런데 그녀는 그 사랑을 가지고 아무것도 하지 않았다. 다른 사람들의 손안에 든 먹이를 조금씩 갉아먹었을 뿐이다. 그녀는 스스로를 사랑하지 않았다.

세브랭의 칵테일파티는 매우 성대했다. 손님들 중 몇몇 사람은 엄청난 부자였고, 몇몇 사람은 무척 재미있었다. 외국 영화배우 두 명이 있었고, 예술계와 문단의 유명인사 몇 명, 초대된 손님 수의 비율에 맞는 동성애자 몇 명, 옛 친구들이 있었다. 조제는 꾸밈이 많고 속이 공허한, 그러나 지구상의 모든 집단 중 가장 생기 있고 자유롭고 즐거운 그 작은 집단과 다시 조우하며 기쁨을 느꼈다. 그녀는 그들을 잘 알았고, 그들은 2년 만에 만난 그녀를 마치 어제 본 것처럼 허물없이 대해주었다. 반쯤 과장된 기쁨의 외마디 소리를 지르고, 그녀를 얼싸안았다. 세브랭에 따르면 프랑스 해방 때나 했을 법한 방식으로 그녀에게 입을 맞췄다.

세브랭은 쉰 살이었고, 헉슬리를 너무 많이 읽었으며, 스스로를 사교계의 호색가로 여겼다. 그의 아파트는 아무도 알지 못하는 멋진 여자들의 사진으로 가득했는데, 그는 그 여자들에 관해 유독 굳게 입을 다물었다. 그는 늘 자신의 활력을 강조하기 위해 지나치게 크게 웃었고, 동이 터올 때쯤

이면 몽롱해졌다. 하지만 그의 진짜 너그러움, 친절함 그리고 그가 내주는 위스키의 꾸준한 맛은 그에게 진정한 친구들을 확보해주었다. 조제도 그중 한 명이었다. 그는 조제에게 여섯 번이나 입을 맞추었다. 그런 다음 관례에 따라 매리지 게임을 제안하고는 그녀를 한쪽으로 데려가 전등 아래 앉힌 뒤 심각한 눈으로 살펴보았다.

"네 얼굴 좀 보여줘."

조제는 체념한 태도로 고개를 뒤로 젖혔다. 그것은 세브랭의 매우 피곤한 요구사항 중 하나였다. 그는 사람들의 얼굴에서 모든 것을 읽었다.

"너 힘들었구나."

"아뇨, 아니에요, 세브랭. 모든 게 좋아요."

"항상 비밀이네, 응? 너 2년 동안 사라졌다가 이렇다 저렇다 설명도 없이 아무렇지도 않은 표정으로 돌아왔어. 네 남편은 어디 있어?"

"리츠 호텔에요." 조제가 대답했다. 그러고는 웃음을 터뜨렸다.

"그 사람 리츠 같은 호텔 좋아하니?" 세브랭이 묻고는 눈썹을 찌푸렸다.

"오늘 밤 이 파티에도 거기사는 사람이 열 명은 있을 걸요."

"그런 문제가 아니야. 그 사람들은 내 가장 친한 친구와 결혼하지 않았잖아."

조제가 고개를 들었다. 조명 때문에 눈이 아팠다.

"당신의 가장 친한 친구는 지금 목이 말라요, 세브랭."

"다시 올 테니까 여기 꼼짝 말고 있어. 저 추잡한 사람들하고 섞이지 말고. 넌 미국에서 2년을 살았고 꼭 야만인 같아. 그런데 저 사람들은 야만인하고 이야기하는 법을 모른단다."

세브랭은 이렇게 말한 뒤 큰 소리로 웃고는 모습을 감추었다. 조제는 그 추잡한 사람들을 감동한 눈길로 둘러보았다. 그들은 열정적으로 이야기를 나누고, 웃음을 터뜨리고, 화제만큼이나 대화 상대도 자주 바꾸며 프랑스어로 이야기하고 있었다. 자신이 정말 야만인처럼 느껴졌다. 앨런 그리고 키넬 부부의 느린 성찰과 함께 외딴섬에서 2년을 보내고 나니, 오직 한 사람의 얼굴만 보며 2년을 보내고 나니 말이다. 파리는 무척 유쾌했다.

"저기 있는 여자 봤니? 누군지 알아보겠어?" 세브랭이 돌아와 조제 옆에 앉으며 말했다.

"어디 좀 볼게요……. 아뇨, 누군지 모르겠어요."

"엘리자베스야. 기억 안 나? 신문사에서 일하던. 내가 저 여자한테 홀딱 빠졌었잖아……."

"세상에! 저 여자 몇 살인데요?"

"서른 살. 그런데 쉰 살은 된 것 같지, 안 그래? 네가 떠난 이후 극적으로 폭락한 여자 중 한 명이야. 2년 만에. 반쯤 미친 화가라는 녀석한테 반해서 그 녀석을 위해 모든 걸 버렸지. 이젠 일도 안 하고 술만 마셔. 게다가 지금은 그 녀석이 그녀를 건드리지도 않나봐."

세브랭이 엘리자베스라고 알려준 그 여자가 그들 쪽을 돌아보더니 세브랭을 향해 살며시 미소 지었다. 그녀의 얼굴은 야윈 동시에 부어 있었고 눈빛은 아픈 짐승 같았다.

"즐기고 있어?" 세브랭이 외쳐 물었다.

"당신 집에서는 늘 즐거워요." 여자가 대답했다.

'열정이 있네. 열정을 지닌 얼굴, 부어오른 동시에 야윈 얼굴, 목에 두 줄의 진주 목걸이를 두른 얼굴. 세상에, 내가 사람들을 얼마나 좋아하는지…….' 조제는 생각했다. 순간 일종의 물결 같은 것이 그녀를 들어올렸다. 갑작스럽게 출현한 그 나이 든 여자와 몇 시간이고 대화를 나누고, 그녀의 이야기를 듣고 싶었다. 모든 것을 알고, 모든 것을 이해하고 싶었다. 이곳에 와 있는 모든 사람의 모든 것을 알고 싶었다.

그들이 어떻게 잠을 자는지, 어떤 꿈을 꾸는지, 무엇을 두려워하고 무엇을 좋아하는지. 그리고 무엇을 힘들어하는지. 조제는 야심과 허영심이 가득한, 유치한 자기방어에 몰두하고 각자 고독 속에서 쉼 없이 흔들리는 그들 모두를 잠시 사랑했다.

"저 여자 곧 죽을 것 같아요." 조제가 말했다.

"벌써 열 번이나 시도했어. 성공한 적은 한 번도 없지만. 그때마다 남자가 슬피 울고 사흘 동안 그녀를 돌봐주었지. 저 여자가 정말 자살할 거라고 생각하는 이유가 뭐야? 잠깐 기다려봐, 내 악단이 자리를 잡네. 찰스턴[5]을 누구보다 멋지게 연주할 거야."

1925년처럼 찰스턴이 파리에 돌아왔다 - 잘 즐기면서도 투덜대기 좋아하는 사람들 말에 따르면 그때보다 즐거움은 덜했지만. 피아노 연주자가 자리에 앉았고, 악단은 〈스와니강〉을 즐겁게 연주하기 시작했다. 그러자 사람들의 이야기 소리가 조금 잦아들었다. 파티의 여흥거리를 선택하는 세브랭의 적절치 못한 취향은 그의 스카치 위스키만큼이나 잘 알려져 있었다. 마른 체형의 젊은 남자 한 명이 조제 옆에 앉

---

5 1920년대 미국 찰스턴에서 시작된 사교춤.

더니 자기소개를 하고는 곧바로 덧붙여 말했다.

“그런데 저는 당신과 대화를 나누진 않을 겁니다. 저는 대화가 두려워요.”

“바보 같네요.” 조제가 즐거운 어조로 말했다. “대화를 좋아하지 않으면 칵테일파티에 오면 안 되죠. 만약 괴짜로 보이고 싶어서 그러는 거라면 여기서는 통하지 않을 거예요. 세브랭 집에서는 즐거워야 해요.”

“괴짜로 보이고 싶은 마음 없습니다.” 젊은 남자가 격하게 대꾸하고는 뿌루퉁한 얼굴을 했다.

조제는 웃고 싶었다. 담배 연기가 방 안에 가득했고 소음 때문에 귀가 멍멍했다. 사람들은 성실한 악단의 연주를 덮어버리기 위해 소리쳐 이야기를 나누었고, 테이블마다 빈 유리잔들이 잔뜩 널려 있었다. 조제는 베르나르가 와서 앨런에 대한 추가적인 소식들을 전해주었으면 하는 마음이 간절했다.

“여러분, 잠시만이라도 수다를 멈춰줄 수 있겠어요? 곧 로빈 더글라스가 나에게 약속한 멋진 노래 두 곡을 부를 겁니다.” 세브랭이 큰 소리로 외쳐 말했다.

모두들 조금 싫은 기색을 보이며 자리에 앉았고, 세브랭이 조명의 4분의 3을 껐다. 사람의 윤곽 하나가 비틀거리더니 조제 옆에 앉았다. 가수는 구슬픈 소리로 〈올드맨 리버〉를 부르겠다고 말했고, 누군가가 "브라보"라고 외쳤다. 가수가 노래를 시작했다. 그는 흑인이었고, 사람들이 곧장 그의 재능에 설득되면서 장내가 완전히 조용해졌다. 그는 목소리를 조금 떨면서 느리게 노래를 불렀다. 뿌루퉁해 있던 젊은 남자가 흑인들의 영혼이 지닌 향수에 관해 뭔가를 중얼거렸다. 앨런과 함께 할렘을 돌아다녔던 조제는 그다지 흥미를 느끼지 못하고 하품을 했다. 몸을 뒤로 젖히고 오른쪽에 앉은 사람을 바라보았다. 처음에는 왁스로 공들여 닦은 검은색 구두가 보였다. 구두가 그림자 속에서 반짝였다. 그다음에는 바지의 주름이 보였고, 그 바지 위에 힘없이 얹힌 손이 보였다. 앨런의 손이었다. 앨런의 눈길이 그녀에게 와 닿는 것이 느껴졌고, 그녀가 할 수 있는 일은 고개를 돌려 그 시선과 만나는 것뿐이었다. 하지만 그녀 안의 뭔가가 커다란 불안에 사로잡혔다. 그녀가 그를 떠났다는 생각, 그는 그녀에 대한 권리가 있고 그가 그 권리를 주장하며 세브랭에게 영문 모를 시비를 걸지도 모른다는 어리석고 부르주아적인 생각이 들었다. 그녀는 꼼짝 않고 있었다. 낯선 젊은 남자는 그녀 옆에 바싹 붙어 앉아 천천히 숨을 쉬고 있었다. 그 남자는 오늘 밤의 파티에 대해 아무것도 알지 못했고, 가수의 노래는 형편없고 지루했으며, 그녀는 한 달 동안 연인인 이 남자를 보지 않았다. 그는 어둠 속에서, 그녀 가까이에서, 그녀에게 아무 말도 하지 않고 있었다. 감히 아무 말도 하지 못하고 있었다. 앨런 말이다. 잠시 그를 향한 너무도 격한 욕망을 느낀 나머지 그녀는 갑자기 손을 들어 그의 목 언저리를 더듬었다. 동시에 이 커플들, 그녀의 친구들 속에서 앨런만이 이방인이라는 자명한 사실이 그녀의 머릿속에 폭발했다. 그와 가까운 사람은 그녀뿐이었다. 단지 육체적으로만이 아니라 부인할 수 없고 돌이킬 수 없는 과거에 의해서도. 이 사실이 10분 전 그녀가 느낀 즐거움과 자유를 무無로 돌려버렸다.

"저 가수 노래 못하네." 앨런이 작은 소리로 말했다. 조제는 그를 돌아보았다.

그리하여 그들의 눈길이 마주쳤고, 그들은 서로를 알아보는 동시에 부인하면서, 상냥함과 거짓 놀람, 원망과 공포를 한꺼번에 느끼면서, 어색해하고 어쩔 줄 몰라하면서 서로의 눈을 응시했다. 각자 상대에게서 눈의 밝은 광채만, 지나치게 잘 알고 있는 얼굴의 각진 부분과 입가의 편집광적이고 조용한 떨림만 보았다. "당신 어디 있었어? – 여긴 왜 왔어? – 어떻게 나를 떠날 수 있었어? – 내게서 도대체 뭘 원해?" 이 모든 말이 다행히도 끝나가고 있는 〈올드맨 리버〉

의 가사를 대체했다. 조제는 누군가 무대에서 자기를 바라보는 동안 양 손바닥을 서로 마주치는 신기한 몸짓, 그녀에게는 아무 의미도 없는(그 가수가 마음에 들지 않았으므로) 우스꽝스러운 몸짓에 기대어 다른 사람들과 함께 박수를 쳤다. 혹은 일시적인 악취미에 의해 다른 사람들, 가족이나 동포들에 동조하려는 절박한 의지로, 앨런에게서 벗어나려는 의지로, 그녀가 그들의 삶 속에 다시 자리를 찾았고 그것이 계속 그녀의 자리가 될 것임을 확인하려는 절박한 의지로. 그때 세브랭이 불을 다시 켰고, 그녀는 너무나 아이 같고 무장 해제된 남편의 얼굴을 실제로 보게 되었다. 잔인한 겁탈자가 아니라 성실하고 불행한 젊은 남자의 얼굴을.

"당신이 어떻게 여기 와 있어?" 조제가 물었다.

"난 베르나르를 찾고 있었어. 그 사람이 널 찾아주겠다고 나에게 약속했거든."

"그 끔찍한 넥타이는 어디서 찾아냈어?"

조제는 강렬한 행복감을 느끼며 말했다. 최초의 공포가 지나가고, 이제는 행복감이 그녀를 사로잡아서 생각이라는 것을 할 수가 없었다.

"어제 리볼리 로에서 샀지." 앨런이 가벼운 웃음기를 머금은 목소리로 말했다.

그들은 아까 노래 부른 가수가 아직 노래를 마치지 않은 것처럼, 보이지 않는 공연이 그 거실 안에서 계속 펼쳐지고 있는 것처럼 서로에게 옆모습을 보이며 이야기를 나누었다.

"당신이 틀렸어."

"그래."

앨런은 낮은 목소리로 '그래'라고 말했고, 그녀는 그 말이 다른 것을 암시하는지 어떤지 알지 못했다. 그녀 앞에서 사람들의 얼굴이 다시 움직였고, 대화들도 재개되었다. 하지만 그녀는 여전히 공연이 계속되는 느낌이었고 30분 전 그녀가 가깝게 느낀 그 사람들에게 방해받는 기분이었다. 술에 취해 꼬꼬댁거리는 꼭두각시 인형 하나가 그들 앞을 지나갔다. 엘리자베스였다.

"로빈이 마음에 들었어? 노래 멋지지, 안 그래?"

세브랭이 조제에게 몸을 숙이고 말했다. 조제는 방심한 목소리로 앨런을 그에게 소개했다. 앨런이 자리에서 일어나 세브랭의 손을 잡고 열렬히 악수를 했다.

"만나서 반가워요. 파리에 오래 있을 예정인가요?" 세브랭이 난처한 기색을 띠며 말했다.

앨런이 뭐라고 웅얼거렸다. 조제는 자기들이 가능한 한 빨리 이곳을 떠나야 한다는 걸, 해명하거나 하지 말아야 한다는 걸 깨달았다. 너무도 수월했던 오늘 밤이 끔찍한 악몽으로 변해가고 있었다. 조제는 자리에서 일어나 세브랭을 포옹한 후 뒤도 돌아보지 않고 밖으로 나갔다. 앨런도 그녀를 따라 나왔다. 그는 문을 열고 그녀에게 외투를 걸쳐주고는 잠자코 있었다. 밖으로 나간 그들은 모호하게 몇 걸음을 걸었고, 결국 앨런이 그녀의 팔을 잡았다.

"어디서 지내고 있어?" 앨런이 물었다.

"바크 로에서. 당신은? 아, 나 알아, 리츠에서 지낸다며."

"내가 배웅해줘도 될까? 당신 숙소 문 앞까지?"

"물론이지."

거리에는 가벼운 바람이 불었다. 그들은 조금 비틀거리며 출발했다. 조제는 엄밀히 말해 아무 생각도 하지 않았다. '생제르맹 대로를 통해 가는 게 가장 빠를 텐데. 하지만 바람이 엄청날 거야'라고 생각한 것을 제외하고. 그녀는 자신의 양쪽 발이 번갈아가며 다른 발 앞에 놓이는 모습을 멍한 상태로 내려다보았다. 그 신발을 언제 어디서 샀는지 잘 기억나지 않았다.

"그 가수 노래 못하더라." 앨런이 말했다.

"맞아. 이제 왼쪽 길로 접어들어야 해."

그들은 함께 비스듬히 돌아 옆길로 빠졌다. 앨런이 팔을 놓았고, 잠시 후 조제는 그야말로 어쩌면 좋을지 알 수 없는 기분이 되었다.

"당신도 알겠지만, 난 하나도 이해가 안 돼." 앨런이 말했다.

"뭐가?"

조제는 이야기하고 싶지 않았다. 특히 그들 자신에 대해 혹은 그들의 삶에 대해 그와 이야기하고 싶지 않았다. 돌아가고 싶고, 그와 사랑을 나누고 싶었다. 하지만 이야기를 하고 싶진 않았다. 앨런이 어느 담벼락에 몸을 기대더니 담배에 불을 붙였다. 그렇게 벽에 몸을 기댄 채 한동안 먼 곳을 응시했다.

"아무것도 이해가 안 돼. 내가 여기서 뭘 하는 거지? 살아야 할 세월이 30년 혹은 그 이상 남아 있는데 앞으로 어떻게 해야 돼? 무슨 더러운 수를 썼길래 우리가 이렇게 골탕을 먹는 거지? 우리가 하는 모든 일, 우리가 하려고 애쓰는 모든 일이 무슨 의미가 있어? 언젠가 난 아무것도 아니게 될 거야. 무슨 말인지 당신도 알지. 아무것도 아닌 존재. 사람들이 나를 세상에서 거둬갈 거야, 내게서 세상을 빼앗아갈 거라고. 세상은 나 없이도 돌아가겠지. 끔찍한 일이야!" 그가 말했다.

조제가 우유부단한 눈길로 그를 바라보다가 그에게 다가

가 벽에 몸을 기댔다.

"어리석은 일이야, 조제, 당신도 알겠지만. 누가 살고 싶다고 했어? 어떤 사람이 함정과 미끄러운 마루판이 잔뜩 있는 시골집에서 주말을 보내라고 우릴 초대한 느낌이야. 거기서 헛되이 가장家長을 찾으라고 말이야. 아니면 신神 혹은 다른 무엇이든. 하지만 거기엔 아무도 없어. 주말 한 번 정도는 좋겠지, 하지만 더 이상은 아니야. 당신은 어떻게 우리가 서로 이해하고, 서로 사랑하고, 서로를 알 시간을 가지길 바라? 이 음산한 농담은 대체 뭐야? 당신은 아무것도 깨닫지 못하고 있어. 언젠가 아무것도 남지 않는 날이 올 거야. 어둠, 부재, 죽음만 남는 날이."

"왜 나한테 그런 말을 하는 건데?"

앨런의 꿈꾸는 듯한 목소리 앞에서 조제는 추위와 본능적인 두려움으로 몸을 떨었다.

"내가 이 생각만 하고 있으니까. 하지만 밤에 당신이 내 곁에 있으면, 우리가 함께 따뜻함을 느낄 수 있으면 난 상관없어. 그때가 유일하게 의미 있는 순간이야. 난 죽는 건 상관없어. 내가 유일하게 두려운 건, 당신이 죽는 거야. 그 무엇보다, 그 어떤 개념보다 더 중요한 건 당신의 숨결이 나에게 닿는 거야. 내가 밤새워 돌보는 동물처럼. 당신이 잠에서 깨어나는 즉시 나는 당신에, 당신의 의식에 몰두하지. 나는 당신에게 몸을 던져. 당신으로 살아가. 아! 당신이 나 없이 혼자 비행기를 탔다는 생각을 하면, 비행기가 추락할 수도 있었다는 생각을 하면! 당신은 제정신이 아니야! 당신한텐 그럴 권리가 없어. 당신은 당신 없는 인생을 상상하는 거야?"

그가 곧바로 이어서 말했다.

"그러니까 내 말은, 당신 없는 인생이 실재한다고 상상하느냐고. 당신이 더 이상 날 원하지 않는 것도 알아. 그리고……."

그가 담배를 한 모금 빨아들이고는 갑자기 벽에서 몸을 떼었다.

"아니. 난 여전히 아무것도 이해가 안 돼. 내가 당신 옆에 앉았는데 당신이 나를 보지 않고 있던 몇 분 동안 난 약을 먹었거나 만취 상태가 된 것 같았어. 하지만 난 오래전부터 술을 마시지 않았어. 그건 사실이야, 안 그래?"

앨런이 조제의 팔을 잡았다.

"우리 사이엔 진실한 뭔가가 있어, 안 그래?"

"그렇지." 조제가 대답했다. 그녀는 천천히 말했다. 그녀는 앨런에게 몸을 기대고 싶기도 했고, 도망치고 싶기도 했다. 그랬다, 진실한 뭔가가 있었다.

"나 그만 가야겠다. 다시 올게. 내가 당신 숙소 앞까지 가면 기어이 안으로 들어가고 말 거야." 앨런이 말했다.

그가 잠시 기다렸지만 조제는 아무 대답도 하지 않았다.

"내일 호텔로 날 찾아와줘. 아침 일찍. 약속할 수 있어?" 앨런이 낮은 소리로 말했다.

"응."

그가 무슨 질문을 했든 그녀는 '응'이라고 대답했을 것이다. 그녀의 눈에 눈물이 고였다. 그는 이미 그녀 쪽으로 몸을 기울이고 있었다.

"내 몸에 손대지 마." 그녀가 말했다.

그녀는 그가 멀어져가는 모습을 바라보았다. 그는 뛰어가고 있었다. 거기서 숙소까지의 거리가 매우 가까웠음에도, 그녀는 소리쳐 택시를 불렀다.

조제는 숙소에 도착해 곧바로 침대에 누웠다. 추위와 신경과민, 슬픔 때문에 몸이 떨렸다. 앨런은 자신이 말해야 할 것을 정확히 말했다. 그들의 문제를 총괄했다. 그 벌거벗은 자명한 이치 앞으로 그녀를 다시 데려다놓았다. 그는 신앙, 술 혹은 어리석은 짓을 제외하고 시간과 죽음을 속이는 유일한 방법을 그녀에게 보여주었다. 다시 말해 사랑을. '나는 당신을 사랑해. 하지만 당신은 나를 사랑한다는 확신이 없지. 난 당신이 필요하고 당신은 무엇을 잃어야 할까?' 그랬다, 그의 말이 옳았다. 하지만 비난받으면 격노하고 절박하게 감동을 추구하는 짐승이 바로 그녀였다. 칵테일파티 초반에 너무도 즐거워하고 너무도 신기해하던, 엘리자베스라는 여자에게 너무도 동정을 느끼던, 세브랭이라는 귀여운 호색가에게 애정을 느끼던 그 짐승이 바로 그녀였다. 하지만 옆에 놓인 앨런의 손을 본 순간 모든 것이 무게도 관심도 없이 멀어져갔다. 그는 그녀를 세상으로부터 단절시켰다. 그가 그녀를 지나치게 사랑해서가 아니라, 그가 세상을 사랑하지 않고 세상을 자기 뒤로, 개인적이고 자기중심적인 현기증 속으로 제쳐놓아서였다……. 그가 그녀만을 보기 때문에 그녀도 그를, 오직 그만을 보아야 했다. 그녀는 지쳐서 곧장 잠에 빠져들었다.

다음 날 아침엔 하늘이 맑았지만 춥고 바람이 불었다. 밖으로 나가면서 그녀는 리츠 호텔에 가겠다고 앨런에게 약속한 것을 씁쓸한 마음으로 후회했다. 되 마고나 플로르[6]의 테

6 두 곳 모두 파리의 유서 깊은 카페이다. 사르트르, 보부아르, 카뮈 등 유명 문인과 예술가들이 많이 드나들었다.

라스 좌석에 앉아 옛 친구들을 만나고, 예전처럼 토마토 주스를 마시며 바보 같은 말들을 지껄이고 싶었다. 리츠 호텔에서 앨런을 다시 만나는 것은 그녀가 숨 쉬는 공기와도, 녹색 불을 체념하고 받아들이며 생제르맹 대로 위를 걸어가는 그녀의 조용하고 차분한 걸음걸이와도 아무 관계 없는, 미국적이고 부자연스러운 시나리오의 일부 같았다. 그녀는 걸어서 방돔 광장에 다다랐고, 앨런의 방을 문의했다. 그리고 방문을 여는 순간에야 자기들이 처한 상황에 대해 퍼뜩 정신이 들었다.

앨런은 상의를 걸치지 않고 목에 낡은 붉은색 스카프를 두른 채 몸을 숙이고 있었다. 아침 식사 쟁반이 침대 발치에 널브러져 있었다. 그녀는 짜증스러운 마음으로 그가 그녀를 맞이하기 위해 노력을 좀 했어야 한다고 생각했다. 요컨대 그녀는 자발적으로 그를 떠났고, 그를 다시 만났고, 이혼을 검토하기 위해 그의 숙소에 찾아온 것이 아닌가. 이런 가벼운 태도는 그런 토론에 어울리지 않았다.

“당신 얼굴 좋네. 앉아.” 그가 말했다.

그녀는 의자에 앉았다. 가장자리에 옹송그리고 앉든가 아니면 누워서 뒹굴거나 둘 중에서 선택을 해야만 하는 불편한 의자였다. 첫 번째 방법을 선택했다.

"당신 다행히 핸드백과 모자를 안 가져왔네. 난 당신이 와서 베이컨을 곁들인 달걀 남은 것을 요구할 거라고 생각했거든." 그가 빈정거리는 표정으로 말했다.

"난 이혼을 요구하러 왔어." 그녀가 메마른 어조로 말했다.

그가 웃음을 터뜨렸다.

"그렇게 사나운 표정 하지 마. 당신 표정이 꼭…… 어린아이 같아. 사실 당신은 어린 시절에서 전혀 벗어나지 못했어. 어린 시절이 항상 당신 옆에서 작용하고 있지. 조용히, 수줍어하며, 멀리서, 마치 이중생활처럼 말이야. 진짜 삶에 다시 접근하려는 당신의 시도는 소득이 없어, 안 그래, 여보? 베르나르하고도 이 문제에 대해 이야기를 나눴어……."

"난 베르나르가 뭐 하러 여기에 왔는지 모르겠어. 하지만 베르나르하고 이 문제에 대해 이야기해볼게. 어찌 됐든……."

"당신은 그 사람을 나무라겠지. 그리고 그 사람은 당신이 자기가 알고 있는 가장 인간적인 사람이라고 말할 거야."

조제는 한숨을 쉬었다. 앨런과 대화를 나눠봤자 아무짝에도 소용없을 것이다. 그녀가 해야 할 일은 이 호텔을 떠나는 것뿐이었다. 하지만 앨런의 유쾌함, 미소가 왠지 걱정되었다.

"이쪽으로 와봐. 당신 두려워?" 그가 말했다.

"뭐가 두려워야 하는데?"

그녀는 침대 위에 앉았다. 그들은 서로에게서 매우 가까이 있었고, 그녀는 그의 이목구비가 감지하기 어려울 만큼 미세하게 부드러워지고 눈빛이 흔들리는 것을 보았다. 그가 한쪽 팔을 뻗어 그녀의 손을 잡아 주름진 침대시트 위에 얹었다.

"난 당신을 원해. 그게 느껴져?" 그가 말했다

"지금 문제는 그게 아니야, 앨런……."

붉은 스카프가 그의 얼굴에 스쳤고, 그는 그녀를 자기 몸 쪽으로 쓰러뜨렸다. 그녀의 눈에는 하얀 침대시트와 볕에 그을리고 선명한 주름 자국이 생긴 그의 목만 보였다.

"난 당신을 원해." 그가 재차 말했다.

"나 옷을 차려입고 있잖아, 화장도 했고. 난 지금 진지해. 숨도 겨우 쉬고 있어. 당신의 열의는 기분 좋지만, 우린 대화를 해야 해."

그러나 그녀는 말과는 달리 기계적으로 그의 몸을 어루만졌다. 그가 그녀에게 몸을 붙인 채 거친 숨을 몰아쉬더니 그녀의 스커트 위에서 흥분했고, 결국 그녀는 그가 하는 대로 내버려두었다. 자신이 지독한 밤을 보낸 뒤 다시 잠들려고 하는 건지 아니면 옆에 있는 남자와 다시 접촉하려 하는 건지 궁금해하면서. 그들은 몹시 지친 채 다급한 마음으로 침대에서 서둘러 벌거벗고 있었다. 때로는 사랑인 이 육체적 상상에 사로잡혀 눈에 눈물이 고인 채 무엇이 그들을 이토록 오랫동안 갈라놓았는지 궁금해하면서, 너무도 격렬하지만 충분치 못한 육체의 탄식에 귀 기울이고 그 탄식을 되풀이하면서, 방돔 광장의 고요한 햇빛을 빛과 그림자들의 일련의 분절로 변모시키고 문양이 조각된 나무 침대를 뗏목으로 변모시키면서.

이후 그들은 한동안 움직이지 않고 침대에 머물면서 애정어린 몸짓으로 상대의 몸에서 땀을 닦아주었다. 조제는 앨런에게 몸을 맡기고 있었다.

"내일 우리가 지낼 아파트를 찾아볼게." 앨런이 말했다.

조제는 대꾸 없이 가만히 있었다.

"나야 키웨스트에서 지내는 게 훨씬 좋았지. 하지만 당신은 아니잖아. 지금 당신에겐 사람들이 필요해. 당신은 사람들을 만나고 싶어하고 사람들을 신뢰하잖아. 좋아, 사람들을 만나자. 당신이 아는 사람들. 당신이 재미있어 하는 사람들을 나에게 소개해줘. 그렇게 당신이 사람들을 충분히 만

난 뒤에 조용한 곳으로 다시 떠나면 되지." 앨런이 말했다.

조제는 변덕스러운 여자의 겸연쩍은 표정으로 고개를 기울이고 그의 말을 경청하다가 이렇게 대답했다.

"훌륭한 생각이네. 조용한 곳으로 다시 떠날 때 당신은 당신 말대로 내 지인들의 이름을 떠올리겠지. 그때 당신은 나에게 이런 질문을 할 거야. '당신 10월 9일 금요일에 왜 세브랭에게 포테이토칩을 줬어? 그 남자랑 잤어?'"

앨런이 자기 술잔을 바닥에 내던졌다. 그가 어린애처럼 막무가내로 행동하는 드문 순간 중 하나였다. 최근에 새로 고용한 가정부가 계속 이런 식이면 오래 일하지 못한다고 선언했다. 지붕 밑 방이 파리의 오래된 구역보다는 할리우드의 자유분방한 풍경을 연상시키는 방식으로 달려 있긴 했지만 그들의 아파트는 무척 쾌적했다. 조제는 안락하고 비교적 예쁜 가구 세 점과 피아노, 커다란 전축을 거기에 들여놓았다. 그들은 침대, 스탠드 그리고 재떨이 말고는 아무것도 없는 방에 누워 그들을 다시 잠들게 한 바흐의 근사한 음반을 들으며 기분 좋은 첫 아침을 보냈다. 이후 며칠 동안 골동품상과 벼룩시장을 돌아다녔다. 몇몇 밤에는 암고양이가 새끼의 목덜미를 물어 데리고 다니듯 아주 조금이라도 위험한 상황이 되면 함께 도망칠 준비를 한 채 앨런을 데리고 다녔다. 어쨌든 베르나르의 비유에 따르면 그랬다. “암고양이 들은 사랑으로 그렇게 한다는 것만 빼면.” 그가 심술궂게 덧붙였다. “너는 인간적인 존중 때문에 그러는 거고. 넌 앨런이 술 취할까 두렵고, 다른 사람들을 불쾌하게 만들까 두렵고, 소란을 피울까봐 두렵잖아.” 하지만 앨런은 순진하고 눈부신 젊은 미국인 남편 역할을 잘 해내고 있었다. 격분과 웃음으로 조제를 분열시킨 허영심을 가지고.

“선생이 저의 안내인이 되어주신다면 너무나 기쁠 것 같습니다. 미국은 유럽, 그중에서도 모든 면에서 너무나 세련되고 섬세한 프랑스와는 큰 거리가 있어요. 사실 저는 선생 집에서 서툰 사람이라는 인상을 줄 거고, 조제가 난처해할까봐 겁이 납니다.” 앨런이 무척 반가워하는 세브랭에게 말했다.

이 짧고 겸손한 대화는 그의 용모와 연결되어 모든 사람에게 좋은 인상을 주었다. 그를 좀 더 편안하게 해주지 못한 것에 대해 사람들이 거의 조제를 탓할 지경이었다. 매일 밤 앨런이 그 사람들을 차갑고 가혹할 정도로 낱낱이 평가하는 것을 들은 그녀로서는 이런 상황이 법률적 실수처럼 희극적이면서도 슬프게 느껴졌다. 그렇기는 했지만 베르나르 말고도 그녀의 친구 몇 명이 이따금 앨런이 웃는 소리를 듣고 앨런의 생각을 불시에 알게 되어, 처음에 호의를 느꼈던 만큼 더 배가된 경계심을 느끼며 그를 바라보았다. 요컨대 조제가 느끼는 감정에 공감하는 상황과 비슷해졌다. 이런 국면이 조제를 조금이나마 안심시켜주었다.

조제가 리츠 호텔로 앨런을 만나러 간 아침, 그들이 화해 말고 다른 이름으로 부르지 못할 사건이 일어난 그날 아침 이후 그들은 긴 토론을 통해 서로의 의견을 절충했고 합의가 이루어졌다. 함께 새로운 보금자리로 떠날 거라는 합의였다. 그 합의는 조제가 떠났었고, 그들이 이별했다가 다시 상봉했음을 확인해주었다. 사실 그들이 이 합의를 그다지 신뢰하는 건 아니었다. 그것은 그들이 그들 자신의 환상에 지쳐 사회법에, 시대의 규범에 그리고 그들의 계층이 지키는 풍속에 한마음으로 건넨 일종의 인사였다. 이런 지침과 함께 그들은 두 사람 모두에게 고통스러운 그 출발을 더욱 깊이 받아들일 수가 있었다. 조금 방황하며 보낸 2주도, 그들이 다시 만나고 각자 과하게 로맨틱한 추억 – 바람, 흑인 가수, 놀라움, 두려움 – 을 간직하게 된 그날 저녁도 이 합의와는 일치하지 않았다. 사실 앨런의 입장은 이랬다. '내가 당신의 삶 전체를 공유해야 한다는 걸 당신은 받아들여야 해.' 그리고 조제의 입장은 이랬다. '당신이 내 삶 전체는 아니라는 걸 당신은 받아들여야 해.' 하지만 그들은 서로에게 이 말을 하지 않았다. 그저 이런 식으로 행동했을 뿐이다. '우린 자유로워. 우린 세상에 섞여 있어. 우린 둘이서 세상에 섞이려고 애쓰고 있어.'

그 무엇도 재미있지 않다는 것이 문제였다. 그녀가 어디에 가든 앨런의 눈길이 그녀를 좇았고, 그녀가 대화를 나누는 상대들을 관찰하고 평가했다. 그에게서 지칠 줄 모르는 작은 기계음이 나는 것 같았다. 밤마다 그녀에게 묻고 대답을 들은 뒤 사실을 확인하고, 상상하고, 계산하는 데 전념하는 소리가 들리는 것만 같았다. 그는 그녀가 자신에게서 또 달아날까봐 두려워했기 때문이다. 그녀도 끊임없이 그것을 의식하고 있었다. 그가 그녀를 감시하는 것을 불시에 잡아내기 위해 갑자기 뒤를 돌아보곤 할 정도로. 물론 부당하게 그러는 경우는 드물었다. 이런 점을 제외하고는 잠자리가 있었다. 그녀는 아직도 그것이 가능하다는 사실에, 그녀가 느끼는 피로에도 불구하고 그것의 즐거움이 남아 있다는 사실에 놀랐다. 밤이면 그들은 각성에서 이중의 경계심으로 전향해 그 동요를, 초조함을, 헐떡임을 재발견했다. 그녀가 그것 때문에 앨런 곁에 머문 것은 아니었다. 하지만 그것 없이도 머무를 수 있었을까?

그들은 새로운 삶에 차츰 적응했다. 끝없이 긴 오전 시간이 지나고 가벼운 점심 식사를 한 뒤, 오후에는 장을 보거나 미술관에 가서 시간을 보냈다. 조제의 옛 친구들과 함께 저녁 식사를 하기도 했다. 물론 앨런은 일을 하지 않았다. 그들은 관광객처럼 살고 있었다. 하지만 그 사실은 조제가 이 생활이 임시이고 비현실적이라는 인식을 하는 데 별로 도움이 되지 않았다. 그녀가 더 이상 견디지 못하게 되어 앨런이 그녀를 다른 곳으로 데려가기를 바랄 순간을 기다리며 앨런 스스로 만족하며 유지하고 있는 이 생활 말이다. 다른 곳, 거기서는 그들 단둘이서만 지낼 것이다. 그때를 기다리며 앨런은 조제에게 상냥한 모습을 보였다. 때때로 우리가 타인의 변덕에서 발견하는 상냥함 말이다. 다만 그 변덕은 그녀도 알고 있다시피 그의 삶이었다.

그들은 베르나르를 자주 만났다. 베르나르는 그들이 하는 게임을 이해했다. 온갖 방법으로 조제를 지원하고, 그녀에게 파리를 돌려주고, 그녀의 매력을 되찾아주고, 그녀가 사람들과 어울리게 하려고 애썼다. 하지만 그는 자유롭고 욕심 많은 젊은 여자를 돕는다기보다는 악착스럽게 대화에 참여하려 하는 농아聾啞와 투쟁을 벌이는 것처럼 느껴질 때가 더 많았다. 그는 그녀의 눈길이 돌연 방향을 바꾸고, 거실 안을 샅샅이 뒤지고, 앨런의 눈길과 부딪쳤다가, 근심 어리고 무력한 분노로 가득해진 채 그를 향해 돌아오는 것을 보았다. 베르나르가 볼 때 그녀가 한 독립적인 행동은 모터보트 조종사와 감행한 그 기괴한 정사뿐인 것 같았다. 그가 그녀에게 이 말을 하자, 그녀는 고개를 돌리고 회피했다.

"그건 네가 이중생활을 하는 것과 같아. 네가 벗어날 수 없는 어린 시절과 너무도 흡사한 또 다른 삶, 네가 책임이 없는 동시에 벌을 받는 삶, 너를 판단하는 사람들, 네가 그들에게 고통을 줄 수 있기 때문에 너를 판단할 권리를 가진 사람들과 연결된 삶이 곳곳에서 너를 따라다니지." 베르나르가 말했다.

조제는 멍한 표정으로 고개를 가로저었다. 세브랭 집에서 저녁 시간을 보내는 중이었고, 혼잡한 군중 한가운데에서 마침내 조용히 이야기를 나눌 수 있었다.

"요전 날 앨런도 나에게 그런 말을 했어. 그런데 베르나르도 그렇게 생각하는구나. 하지만 넌 나에게 무엇을 줄 수 있는데?" 그녀가 말했다.

"나……?" 베르나르가 망설이다 대답했다. "전부지." 그런 다음 그것은 작가의 비유적인 표현이라고 생각했다. "그런데 문제는 내가 아니야. 네가 갇혀 있고 불행하다는 게 문제지. 너 같은 부류한테는 어울리지 않는 문제고."

"나 같은 부류한테는 뭐가 어울리는데?"

"지금 네가 겪고 있지 않은 것은 무엇이든. 앨런은 성가신 방식으로 너를 사랑하니까. 그것이 너에겐 긍정적으로 보이겠지. 하지만 그렇지 않아."

조제는 담배 한 개비를 집어들고 세브랭이 내민 라이터로 불을 붙인 다음 미소를 지었다.

"내가 설명할게. 앨런은 모든 사람이 근원적인 수렁 속을 걸어다닌다는 걸, 그 무엇도 거기서 인간을 끌어낼 수 없다는 걸 납득했어. 하지만 그가 매일 하려고 혹은 발음하려고 애쓰는 막연한 몸짓과 이해할 수 없는 단어들은 그것과 상관이 없어. 이런 의미에서 그는 타협을 모르고 단절된 사람이지."

"너는?"

조제는 돌연 긴장이 풀려 벽에 몸을 기댔다. 그녀의 목소리가 너무 작아서 베르나르는 그 소리를 듣기 위해 몸을 숙여야 했다.

"나, 나는 그런 쓸데없는 건 믿지 않아. 그런 종류의 비장함은 진절머리가 나. 감정에 빠져 허우적대는 사람은 아무도 없어. 나는 모든 사람이 자발적인 큰 몸짓들로, 눈부시고 결정적인 방식으로 자신의 인생을 그려간다고 생각해. 나는 단조로움에 민감하지 않아. 난 곳곳에서 서정적인 감정들을 봐. 사람들은 그것을 권태, 사랑, 우울 혹은 나태라고 부르지. 간단히 말해서……."

조제는 여기까지 말한 뒤 베르나르의 손 위에 자기 손을 얹어 힘을 주었고, 베르나르는 조제가 잠시 앨런의 눈길을 완전히 잊고 있음을 깨달았다.

"간단히 말해서, 난 우리가 괴짜라고 생각하지 않아. 뭐 활기 넘치고 감수성 풍부한 짐승들이긴 하겠지."

베르나르는 조제의 손을 두 손으로 꼭 쥐고 가만히 있었다. 조제는 손을 빼지 않았다. 베르나르는 조제에게 키스하고, 조제를 꼭 껴안고, 위로해주고 싶었다. "나의 상냥한 짐승. 나의 귀엽고 감수성 풍부한 짐승." 그가 중얼거렸다. 조제가 벽에서 천천히 몸을 떼었고, 사람들 속에서 그에게 조용히 키스했다. '만약 저 바보 녀석이 와서 큰 소리로 고함을 치면, 저 편집광 녀석이 끼어들면 내가 죽여버리겠어.' 베르나르는 눈을 감고 생각했다. 하지만 조제는 이미 그의 입술에서 자기 입술을 떼었고, 그는 저녁 모임이 한창일 때 아무도 눈치채지 못하게 누군가의 입술에 키스할 수 있음을 깨달았다.

조제는 즉시 베르나르에게서 멀어졌다. 자기가 왜 그에게 키스했는지 알 수 없었지만, 거북한 감정을 느끼지 않았다. 그녀에게 와 닿는 그의 눈길에는 저항할 수 없는 뭔가가, 그녀가 잃어버린 애정과 수용의 표정이 있었다. 그녀는 앨런과 결혼했고, 베르나르는 니콜과 결혼했다. 그녀는 베르나르를 사랑하지 않았지만, 아마도 그 순간에는 그를 가장 가까운 사람으로 느낀 게 아닐까? 그녀는 이 점에 관한 앨런의 통찰을 견디지 못할 것 같았다. 만약 앨런이 우연히 그들을 보았다면. 하지만 그가 그들을 보지 못했다는 걸 그녀는 잘 알고 있었다. 앨런에게는 그것이 너무도 받아들이기 힘든 광경이어서 뭔가가 그로 하여금 그 광경을 피하게 해준 것 같았다. '아무래도 내가 운명을 믿게 된 것 같아.' 그녀는 생각했다. 그런 다음 웃음을 터뜨렸다.

"당신을 찾고 있었어." 앨런이 와서 말했다. "대학교에서 같이 그림을 배운 친구를 만났어. 그 녀석이 여기에 살고 있다네. 그 녀석과 함께 다시 그림을 그리고 싶어."

"당신이 그림을 그린다고?" 조제는 깜짝 놀랐다.

"열여덟 살 때 그림 그리는 걸 참 좋아했어. 게다가 그건 하나의 직업이잖아, 안 그래? 아파트 꾸미는 것도 다 끝났고, 실용적인 일은 아무것도 할 줄 모르는데 하루하루를 어떻게 채울지 잘 모르겠어."

빈정거리는 기색은 없었다. 오히려 열정이 가득한 표정이었다.

"안심해." 그가 말했다. 그런 다음 그녀의 양어깨를 붙잡고 꼭 껴안았다. "당신한테 나 대신 색들을 섞어달라고 부탁하진 않을 거니까. 당신은 옛 친구들과 산책을 하거나 아니면 차라리 혼자 시간을 보내. 왜냐하면……."

"당신한테 재능이 있어?"

'아무래도 내가 구원받은 것 같아. 앨런이 자신과 나 말고 다른 것에 관심을 가지게 되다니.' 그녀는 생각했다. 동시에 모든 원인을 스스로에게 돌린 것을 뉘우쳤다.

"그렇게 생각하진 않아, 아니야. 하지만 꽤 괜찮게 그릴 수 있어. 내일부터 시작할게. 아무튼 빈방을 내가 차지하게 될 거야."

"거긴 아무것도 없을 텐데."

"어차피 난 눈앞에 보이는 것을 그릴 줄 몰라." 그가 말했다. 그러고는 웃음을 터뜨렸다. "첫 작품을 엄마한테 보낼 거야. 엄마는 그 그림을 우리 가족의 정신과 의사에게 보이겠지. 의사가 그걸 보면 틀림없이 재미있어할 거야."

조제는 애매한 표정으로 앨런을 바라보았다. 그가 그녀를 놓아주었다.

"당신 기분 별로야? 내가 혼자서 뭘 한다고 하면 당신이 좋아할 줄 알았는데."

"기분이 무척 좋지. 당신을 위해서도 참 좋은 일이고." 그녀가 말했다.

간혹 앨런은 조제에게서 자기 엄마의 모습을 보곤 했다. 그리고 실제로 그녀는 그의 엄마 같은 어조를 갖게 되었다.

"잘돼가?"

그녀가 문을 열고 고개를 내밀었다. 앨런은 그림을 그리기 위해 말끔한 진청색 옷을 갖춰입었다. 특히 두툼한 스웨터와 벨벳 바지 차림의 화가들을 본 세브랭의 제안을 조금 염려하며 받아들였다. 사실 그 구석방에 예술적인 분위기는 별로 없었다. 창문에서 멀리 떨어진 작업대, 물감 튜브들이 줄지어 놓인 테이블이 있고, 선반 위에 하얀 캔버스 몇 개가 놓여 있을 뿐이었다. 그리고 방 한가운데에는 옷을 잘 갖춰입은 젊은 남자가 쿠션이 있는 의자에 앉아 멍한 표정으로 담배를 피우고 있었다. 그림을 구상하는 듯했다. 지난 2주 동안 그는 매일 오후 이 방에서 시간을 보내고 얼룩 한 점

없이, 피로한 기색 없이 매우 좋은 기분으로 나왔다. 조제는 어리둥절했지만, 그는 매일 거르지 않고 4시간 정도 그렇게 혼자 시간을 보냈다. 그것은 아무것도 아닌 일이 아니었다.

"응. 당신은 뭐 했어?"

"아무것도. 그냥 산책 좀 했어."

조제의 말은 진실이었다. 그녀는 점심을 먹은 뒤 차를 몰고 거리를 천천히 달리다가 마음이 내킬 때 차를 세웠다. 나무의 온화한 형태 때문에 특히 마음에 드는 광장을 발견했고, 거기에 차를 세운 뒤 차 안에 앉아 가끔 지나가는 행인들 그리고 겨울이 되어 메마른 나뭇가지 속에 바람이 부는 것을 바라보며 한 시간씩 시간을 보냈다. 몽상에 잠기고, 담배에 불을 붙이고, 라디오를 듣고, 가끔은 달콤한 기쁨에 휩싸여 죽은 듯이 꼼짝 않고 있었다. 그러나 그런 기쁨에 대해 감히 앨런에게 이야기하지 못했다. 아마도 앨런은 그녀가 누군가를 만난 것보다 더 질투할 것이다. 한편으로 아무도 만나고 싶지 않기도 했다. 그렇게 시간을 보내다가 천천히 되는대로 다시 출발했다. 오후 시간이 차츰 끝나갔고, 그녀는 일종의 안도감을 느끼는 동시에 앨런 곁으로 돌아가야 한다는 사실이 자신을 짓누르는 것을 느꼈다. 마치 그것이 그녀를 삶에 연결해주는 유일한 관계인 것처럼. 그녀는 자고, 꿈꾸고…… 해변에서 바다를 보며 혹은 시골집에서 풀냄새를 맡으며 혹은 그녀의 의식 속에서 시간이 일시적으로 멈춘 가운데 이 광장 가장자리에서 혼자 몽상에 잠겨 시간을 보내고 싶었다.

"당신이 그린 거 언제 나한테 보여줄 거야?"

"일주일쯤 뒤에. 왜 웃어?"

"당신 표정이 꼭 손님 같아서. 우린 항상 그림 가지고 싸우는 사람들에 대해 이야기하잖아……."

"난 그 '싸우다colleter'라는 프랑스어 단어를 몰랐어. 진짜야. 손이 더러워질까 무섭고 그림 그리는 건 너무 힘들어. 나 목말라, 당신은 안 그래?"

"목마르지. 당신이 집게손가락에 묻은 붉은 진사辰砂 조각을 닦아내는 동안 나는 드라이 마티니를 준비할게. 완벽하고 사려 깊은 화가의 아내처럼……."

"난 당신이 날 위해 포즈를 취해주면 좋겠는데."

그녀는 못 들은 척하고는 황급히 문을 닫고 나갔다. 잠시 후 그는 그녀가 있는 곳으로 왔지만 방금 전에 한 말을 되풀이하지는 않았다. 그림을 그리기 시작하면서 그는 술을 덜 마셨고, 심지어 호텔에서 지낼 때와는 다르게 집 안 생활에 적응하려고 노력하는 것 같았다.

"어디서 산책했어?"

"그냥 길거리. 포르트 도를레앙 근처의 작은 광장에서 차도 한 잔 마셨어."

"혼자?"

"응."

앨런이 빙긋이 웃었다. 그녀는 심각한 표정으로 그를 바라보았다. 그가 조그만 소리로 웃었다.

"당신은 나를 믿지 못하는 것 같아."

"아니야, 믿어."

그녀는 '왜?'라고 반문할 뻔했지만 참았다. 사실 요즘 들어 앨런의 질문이 줄어들어 놀라는 중이었다. 그녀는 일어났다.

"난 기분이 좋아. 그러니까 당신이 날 믿어주는 것이."

그녀가 상냥하게 말했다. 앨런의 얼굴이 돌연 붉어지더니 목소리가 높아졌다.

"당신은 나의 병적인 질투심이 호전되는 게 기분 좋은 거야. 내 조그만 뇌가 정상적으로 도는 것이 기분 좋은 거라고. 그리고 마침내 내가 명실상부 다른 남자들처럼 일을 갖게 된 것이 기분 좋은 거야. 비록 그 일이 캔버스에 서툰 그림을 그리는 것이라도 말이야."

조제는 대꾸하지 않았다. 위기가 시작되고 있었다. 그녀는 안락의자에 털썩 주저앉았다.

"'내 남편이 마침내 제대로 된 남편다워졌네. 그는 하루에 네 시간 동안은 나를 평화롭게 해줘' 이게 당신이 생각하는 거야. '그는 재능이 뛰어나지만 돈이 없는 사람들은 살 엄두도 못 낼 비싼 캔버스들을 더럽히고 있어. 하지만 난 평온해' 안 그래?"

"난 당신이 세상일에 관심을 갖게 돼서 기뻐. 설령 당신이 서툰 그림을 그린다 해도. 캔버스에 서툰 그림을 그리는 사람이 당신 혼자만도 아니잖아."

"난 서툰 그림을 그리는 게 아니야. 그것보단 잘해. 어쨌든 내가 그림을 그리는 건 차 안에서 몇 시간 동안 광장을 바라보는 것과 비슷한 거야."

"난 당신을 전혀 비난하지 않아." 그녀가 말했다. 그러다 잠시 말을 멈추었다. "그런데 당신은 어떻게…… 내가…… 광장에…… 있었다는 걸 알아?"

"내가 당신을 미행하는 것 같아? 당신 무슨 생각을 하는 거야?" 그가 말했다.

조제는 어처구니없다는 표정으로 앨런을 바라보았다. 그녀가 느낀 것은 분노가 아니었다. 오히려 지독한 고요함이었다. 그렇다, 아무것도 변하지 않았다. 삶은 계속되고 있다.

"당신 나를 미행해? 오후 내내? 당신은 집에서 그림만 그리잖아."

조제는 웃음을 터뜨렸다. 앨런의 낯빛이 창백했다. 그가 그녀의 팔을 낚아채 자기 뒤쪽으로 끌고 갔다. 조제는 눈물이 나올 정도로 웃었다. "이 가련한 탐정 같으니." 그녀가 말했다. "얼마나 지루할까!" 그가 그녀를 구석방까지 데려갔다.

"여기 이게 내 첫 그림이야."

그가 그림 한 점을 뒤집었다. 조제는 그 그림에서 대단한 것을 발견하지는 못했다. 하지만 그 그림은 나쁘지 않아 보였다. 그녀가 웃음을 멈추었다.

"그림 좋네, 당신도 알겠지만."

그가 그 그림을 벽에 던지고는, 애매한 표정으로 그녀를 응시했다.

"당신은 그 시간 동안 차 안에서 혼자 무슨 생각을 하는 거야? 누구 생각? 나한테 말해봐. 제발."

그가 그녀를 꼭 껴안았고, 그녀는 혐오감과 동정심을 동시에 느꼈다.

"당신은 왜 날 미행하는 건데? 그거 굉장히 시대에 뒤떨어지고 막돼먹은 행동이라는 거 당신도 알잖아. 불쌍하게도 당신 그 광장이 싫어졌겠네."

그녀가 다시 웃기 시작했다. 그러고는 입술을 깨물었다.

"당신이 무슨 생각을 하는지 나한테 말해줄래?"

"내가 무슨 생각을 하냐고…… 나도 모르겠어. 솔직히 내가 무슨 생각을 하는지 잘 몰라. 나무 생각, 당신 생각, 사람들 생각, 여름 생각……."

"생각을 하긴 한 거지……?"

조제가 그의 품에서 빠져나오려 했다. 더 이상 웃고 싶은 마음이 없었다.

"날 놓아줘. 잘 모르겠지만 당신 말이야, 그런 질문을 하면서 기분 나빠하는 표정이야. 난 아무것도 생각하지 않아. 당신은 날 알잖아. 아무 생각도 안 한다고!"

그녀는 문을 쾅 닫고 방에서 나가 집 밖으로 달려나갔다. 그리고 한 시간 뒤 진정되어 돌아와 만취한 앨런을 발견했다.

세 사람이 소파 하나와 안락의자 두 개가 갖춰진 작은 거실에 모였다. 조제는 소파에 누웠고, 두 남자는 그녀의 머리 위에서 이야기했다. 오후가 끝나가고 있었다.

"간단히 말해서 그 여자는 필사적으로 당신을 사랑하고 있어요, 앨런." 베르나르가 말했다.

"그 말을 들으니 참 기쁘네." 조제가 무사태평하게 말했다. 그녀는 많은 사람들을 퉁명스럽게 대했다.

"난 그 여자가 누구인지 몰라요." 앨런이 혐오스럽다는 표정으로 말했다.

"로라 도르? 우리 열흘 전에 세브랭 집에서 그 여자와 함께 저녁 먹었어. 쉰 살이 다 됐지. 굉장한 미인이고. 그 여자는 목요일마다 파티를 열어."

"쉰 살? 그건 지나친 과장이야, 조제. 기껏해야 마흔 살 정도겠지. 어쨌든 참 괜찮은 여자야." 베르나르가 말했다.

"어쨌든 난 그 여자와 아무 볼일 없어. 이런 일로 당신이 질투할 거라 생각하지도 않고. 그렇지?"

"흠, 흠……. 그럴 수도 있지 않을까? 어쨌든 이 일이 우리 사이를 변화시킬 거야." 조제가 미소 지으며 말했다.

베르나르가 웃음을 터뜨렸다. 그들은 좋아질 수 있으리라는 헛된 희망을 가지고 약간의 강박증처럼 앨런의 질투에 대해 농담하는 습관이 있었다. 앨런은 변한 것이 없었지만 함께 웃었고, 그것이 그들을 좌절하게 만들었다.

"그래서 저녁 식사 후에 그 여자 집에 갈 거야, 안 갈 거야? 나는 이제 그만 가봐야 해서."

"생각 좀 해보죠." 앨런이 말했다. "우린 먼저 공포영화를 볼 거예요. 그런 다음 당신에게 합류할게요."

베르나르가 떠났고, 조제와 앨런은 한동안 조제가 잘 아는 로라 도르에 대해 이야기를 나누었다. 그녀에겐 사업을 하는 순한 남편이 있었고, 세브랭 같은 호색가를 향한 병적인 열정도 있었다. 사회적 지위가 높은 애인도 두세 명 있었지만 지나친 스캔들은 나지 않았으며, 배려심이 별로 없어서 종종 다른 사람들에게 상처를 주었다. 조제를 침묵하게 하는, 언제 공격을 해올지 모를 부류의 여자였다. 하지만 조제는 호기심에서 그녀에 대한 많은 이야기를 앨런에게 해주었다. 그 여자는 똑똑하고 재미있었다. 조제는 이 점을 경시하지 않았다.

그들은 잔혹한 영화를 본 뒤 자정에 기분 좋게 로라 도르의 집에 도착했다. 로라 도르는 자신감 넘치는 태도로 그들을 맞이했다. 그녀는 키가 컸고, 적갈색 머리에 풍만한 체형이었다. 그러나 얼굴이 고양이 상이었다. 조제는 희미한 두려움을 느끼는 자신을 발견하고 조금 놀랐다. 앨런이 쾌활하고 서툰 미국인의 얼굴을 했고, 즉시 그녀에게 걸려들었다. 베르나르는 바빴고, 조제는 '예전' 친구를 발견하고는 그

쪽으로 다가갔다. 서로에 대한 소개는 이런 식으로 끝났다. "여기 조제 알죠?" "이쪽은 앨런 애시예요." 잠시 후 베르나르가 조제에게 다가와 말했다.

"내 생각엔 잘될 것 같아."

"뭐가?"

"로라하고 앨런. 저기 좀 봐."

두 사람은 거실 안쪽에 서 있었다. 로라가 야릇한 표정으로 앨런을 응시했고, 앨런은 얼굴에 미소를 띤 채 아까 본 영화 이야기를 하고 있었다. 조제는 천천히 휘파람을 불었다.

"로라를 바라보는 앨런의 눈빛 봤어?"

"열정이라는 거지. 로라 도르 집에서의 열정. 첫눈에 반했네, 우리 앨런이."

"가여운……." 조제가 말했다.

"너무 안심하진 마. 짜증 나니까. 그리고 내 의견을 듣고 싶다면, 질투하는 척이라도 해. 그러면 숨 좀 쉴 수 있을 거야. 아니면 진짜로 질투하든가. 그럴 수도 있지……."

조제가 빙긋이 웃었다. 그녀가 남편을 조금 시든 로라의 품 안에 내버려두고 안도하는 것은 아니었다. 그녀는 그가 그림 그리는 것이 더 좋았다. 앨런과 헤어질 일을 고려하고 있진 않았다. 계속 함께 살 생각도 없었지만. 파리에 온 이후 그녀는 키웨스트에서 맛본 절망만큼 행복에서 멀어져 일종의 휴전 상태로 몸이 마비된 채 빳빳한 밧줄 위에 서 있는 기분이었다.

“그건 좋은 해결책이 아니야.” 그녀가 중얼거렸다.

“훌륭한 해결책이 될 때도 있지.” 베르나르가 말했다.

베르나르는 주저하는 목소리로 덧붙였다.

“내가 제대로 이해하는 거라면, 넌 앨런에게서 벗어나고 싶은 거지? 비극 없이. 그런 거 아니야?”

“그렇다고 생각해, 그래. 그런데 이제는 내가 원하는 게 정말 뭔지 잘 모르겠어, 마음의 평화 말고는.” 그녀가 대답했다.

“그렇다면 다른 누군가를 원하는 거겠지. 그런데 앨런이 곁에 있는 한 넌 절대 다른 사람을 만나지 못할 거야. 너도 알지?”

‘네가 원하는 게 뭔지 잘 모르겠어.’ 그녀는 생각했다. 하지만 잠자코 있었다. 앨런이 그들에게 다가왔고, 로라가 그를 따라왔다. ‘성숙한 여자는 앨런에게 어울리지 않아. 앨런은 너무 잘생겨서 제비처럼 보일 거야.’ 조제는 생각했다.

“당신 남편한테 보에 있는 내 시골집에 와서 주말을 보내자고 청했어요. 거의 수락할 것 같네요. 대답은 당신에게 달려 있겠죠. 당신은 시골을 좋아하는 것 같던데, 안 그런가요?"

'뭘 암시하는 거지?' 로라의 말을 듣고 조제의 머릿속에 곧장 떠오른 생각이 있다. '아! 그래, 마르크와 함께 이 여자의 시골집에 머문 적이 있지, 5년 전에.' 조제는 미소를 지었다.

"시골을 참 좋아하죠. 저도 무척 즐거울 거예요."

"조제에게도 좋을 겁니다." 앨런이 로라를 돌아보며 말했다. 마침 그 순간 조제의 안색이 창백했다.

"그 나이에는 안색이 늘 좋아야죠." 로라가 쾌활하게 말했다.

로라는 앨런의 팔을 다시 잡아끌었다. 베르나르가 웃음을 터뜨리더니 이렇게 말했다.

"구식 전략이네. '이봐, 조제는 어린애야. 우린 어른들이고' 이런 뜻이지. 보의 시골집에서 네가 쓸 침대에는 탕파가 있을 거야. 그리고 너는 늙은 도르 씨와 카드놀이를 하게 될 테고."

"꽤 재미있을 것 같아. 난 카드놀이, 탕파, 그리고 나이 든 아저씨들을 좋아해. 여자들의 배신도 즐거워하고." 조제가 말했다.

집으로 돌아갈 때 앨런은 현학적인 말투로 그 여자가 무척 교양 있고 손님 접대를 할 줄 안다고 말했다.

"이상하네. 당신한테 소개한 사람들 중에 내가 생각해도 미치광이 같은 사람이 있긴 하지만, 하필 중요한 자질들이 결여된 여자를 높이 평가하다니." 조제가 대꾸했다.

"당신이 생각하는 중요한 자질들이라는 게 뭔데?"

앨런은 기분이 좋은 상태였다. 로라 도르가 칭찬 세례를 해준 것 같았다. 조제는 그가 칭찬에 냉담할 거라고 믿은 자신이 퍽이나 순진했다고 생각했다. 심지어 앨런처럼 초연한 남자들에게조차 허영심은 견고한 배경을 이루고 있는 것이다.

"중요한 자질들……? 나도 정확히는 모르겠어. 그래도 당신이 굳이 묻는다면, 유머와 사심 없는 태도겠지. 그런데 그 여자한테는 둘 다 없어."

"그건 나도 마찬가지야. 나는 미국인이거든."

"바로 그게 그 여자 마음에 들었겠지. 내일 아침 식사 때 당신이 타탄체크 무늬 가운을 입는다고 생각해봐. 그걸 입으면 당신은 젊은 카우보이처럼 보일 거고, 그 여자는 뿅 갈 거야."

앨런이 그녀를 돌아보았다.

"이번 주말이 지루할 것 같으면 가지 않아도 돼, 조제."

앨런은 여전히 무척 기분 좋은 표정이었다. '앨런에게 질투하는 모습 좀 보여줘야겠네. 베르나르 말이 옳았어.' 조제는 화장을 지우고 난처한 표정으로 잠을 청했다. '난 앨런만큼 참을 수 없는 경지에는 절대 도달하지 못할 거야.' 이런 생각을 하다가 잠이 들었고 어둠 속에서 미소를 지었다.

보에 있는 로라의 시골집은 기다란 농가였다. 요즘 잘나가는 실내장식가가 영국 시골집 분위기로 꾸며놓았고, 깊숙한 가죽소파와 한때 유행한 탓에 가격이 터무니없이 비싼 조잡한 직물들로 장식되어 있었다. 그들은 5시경에 도착해 농지 안을 오랫동안 산책했다. "나의 진정한 피난처랍니다." 로라가 나무 밑에서 적갈색 머리칼을 쓸어넘기며 진지한 표정으로 말했다. 로라는 "이 달걀들이 어제 낳은 게 아니라는 걸 맹세할 수 있어요"라고 적갈색 머리카락을 흔들면서 손님들에게 말했고, 그들은 로라가 시키는 대로 달걀을 먹었다. 그리고 그 고장에서 만든 그라파[7]를 맛보고 있었

7 포도주 제조 후 남은 찌꺼기를 증류해서 만드는 술. 정찬 코스에서 디저트와 차를 마신 후 소화제로 먹는다.

다. "이건 세상의 모든 위스키만큼이나 가치가 있죠." 로라가 장작불이 발하는 빛에 적갈색 머리칼을 반짝이며 말했다. 소파에 앉은 조제는 이 집 여주인 로라가 벽난로 앞에 웅크려 앉아 매니큐어 바른 손톱과 황홀경에 빠진 얼굴을 불꽃을 향해 내민 자세로 얼마나 오래 견딜지 궁금해했다. 그들 외에도 과묵한 젊은 화가 한 명, 수다스러운 젊은 여자 두 명, 그리고 로라의 남편으로 보이는 중년 남자가 그 자리에 있었다. 중년 남자는 키가 작고 마르고 파란 눈에 안경을 꼈는데, 에르메스 상자 안에서 담배 한 개비를 집어들 때마다 망설이는 눈치였다. 앨런은 긴장을 풀고 젊은 여자 중 한 명과 뉴욕에 대해 이야기 중이었다. 조제는 하품을 조금 하면서 옆에 있는 서재로 자리를 옮기기로 마음먹었다. "여기서는 다들 자기 집처럼 지내죠." 로라가 주장했다. "난 손님들에게 존재감을 드러내는 집주인들이 싫어요." 로라가 이 감언이설을 할 때 조제는 공들여 먼지를 떨어낸 르사주[8]의 멋진 책과 볼테르의 『서간집』들이 가득 꽂힌 선반을 뒤지고 있었고, 그렇게 고른 추리소설에 빠져들었다. 10분 뒤, 그녀

---

8 알랭 르네 르사주(Alain René Lesage, 1668~1747), 18세기 전반기에 활동한 프랑스의 소설가이자 극작가. 풍속소설 『질 블라스』로 유명하다.

는 손에서 책을 놓고 눈을 감았다. 5년 전에도 친구들 그리고 애인과 함께 이 방에 있었다. 그들은 마르크의 낡은 MG 자동차에 네다섯 명이 끼어 타고 파리에서 달려왔다. 그 시절에는 무리 지어서만 이동했다. 그들은 밤새도록 농담을 주고받았고, 그녀를 원했던 마르크는 뿌루퉁한 얼굴을 하고 있었다. 조제에게는 질투심이 있었고 다정한 친구들이 있었다. 그들은 삶이 그들을 갈라놓을 거라고는 그리고 언젠가 이 웃음과 상호 신뢰보다 더 중요한 뭔가가 그들 앞에 나타날 거라고는 상상하지 못했다. 그 추억들은 왜 전부 그토록 즐거운 동시에 그토록 아픈지 궁금했다. 그 추억들이 위협처럼 그녀의 숨결을 짓눌렀고, 그녀는 의자에서 벌떡 일어났다. 그러자 소파에 누워 있는 로라의 남편이 그녀 눈에 들어왔다. 그는 그녀를 보고는 소스라쳐 놀랐다. 그는 아까 앨런이 정치에 대한 무관심을 선언했을 때 "우리가 주변 세상에 관심을 가지지 않는다면 우린 결코 인간이 되지 못할 거요"라고 짧고 빠르게 내뱉은 것 말고는 그날 저녁 내내 아무 말도 하지 않았다. 그 말조차 전반적인 웅성거림 속에 빠르게 묻혀버렸지만. 조제는 그에게 미소를 보냈고, 그가 일어나려 하는 것을 손을 저어 만류했다. 그가 불분명하게 웅얼거렸다.

"내가 당신을 미처 보지 못했군요. 뭐 좀 마시겠습니까?"

조제는 고개를 저어 사양하고는 이렇게 말했다.

"옆방의 담배 연기를 더 이상 견딜 수 없어서 여기로 피신 왔어요. 르사주는 당신이 읽으시나요?"

그가 미소 짓고는 어깨를 으쓱했다.

"실내장식가가 그 책들을 거기에 두고 갔어요. 장정이 무척 아름다운 것 같습니다. 어느 겨울날 좋은 파이프 담배와 충실한 개와 함께 그 책들을 읽을 수 있기를 상상해봅니다. 그동안은 시간이 없었거든요."

"일 때문에요?"

"네. 나는 하루 종일 계산을 하고, 생각을 하고, 전화 통화를 해요. 다행히 우리에겐 도시의 광기에서 벗어나 휴식을 취할 수 있는 이 피난처가 있지요."

"로라도 이곳이 자신의 유일한 피난처라고 말했어요."

"그래요?"

'그래요?'라는 그의 말에서 빈정거리는 기색이 확연히 느껴져 조제는 웃음을 터뜨렸다.

"여기선 우리 자신에 관해 생각할 시간이 있어요. 시간이 흐르는 걸 볼 여유가 있고, 인적 없는 들판도 있습니다. 정원사는 꽃을 꺾고, 가을이면 흙냄새가 우수 어린 느낌을 주지요.” 그가 읊조리듯 말했다.

조제는 그의 옆에 가서 앉았다. 그는 볼이 통통한 동시에 주름이 진 예순 살 먹은 소년의 얼굴을 하고 있었다. 안경 너머에서 그의 눈이 반짝거렸다.

“신경 쓰지 마세요. 내가 코냑을 너무 많이 마신 것 같습니다. 아내가 손님들을 초대할 때마다 우리 암탉들이 매일 낳는 빌어먹을 삶은 달걀 맛을 잊으려고 코냑을 너무 많이 마셔요. 우리 암탉들은 요크셔 품종이랍니다. 생각해보세요, 그것이 가장 좋은 품종 같아요.”

‘이 사람은 몹시 취했거나 몹시 불행하구나.’ 조제는 생각했다. ‘아니면 쾌활한 익살꾼이거나.’ 그녀는 본능적으로 마지막 해답을 선택했다.

“로라의 손님들이 많이 지겨우신가봐요?”

“전혀 그렇지 않습니다. 저는 여기에 잘 오지 않아요. 일 때문에 엄청나게 많이 돌아다니죠. 이를테면 5년 전에 당신에 대한 이야기를 들었지만 당신을 직접 보지는 못했죠. 한편으로는 후회가 됩니다. 이렇게 매력이 많은 분이라니.”

그는 마지막 말에 작은 고갯짓을 덧붙이고는 황급히 이어서 말했다.

“남편분도 인물이 무척 좋더군요. 아이들이 굉장히 예쁘겠어요."

"우린 아이가 없어요."

"예쁜 아이들을 갖게 될 겁니다."

"제 남편은 아이를 원하지 않아요." 조제가 불쑥 말했다.

잠시 침묵이 흘렀다. 조제는 이 말을 한 것을 그리고 조금 성급하게 이 남자에게 신뢰감을 느낀 것을 후회했다.

"당신이 자기보다 아이들을 더 사랑할까봐 두려운 게죠." 그가 확신을 가지고 말했다.

"왜 그렇게 말하세요?"

"확실해요. 그 사람이 당신만 바라보던 걸요. 내 아내가 그 사람만 바라보고 당신이 허공만 바라보는 것처럼."

"귀여운 3인조네요." 조제가 메마른 어조로 말했다.

"귀여운 4인조죠. 내가 증권거래소의 시세표만 바라본다는 걸 당신이 인정한다면 말입니다."

그들은 서로의 얼굴을 쳐다보았고, 웃지 않을 수 없었다.

"당신에겐 상관없는 일인가요?" 조제가 물었다.

"부인, 나는 나에게 도움이 되는 사람들만 사랑할 수 있는 행복한 나이에 다다랐습니다. 나에게 고통을 주지 않는 사람을 말하는 게 아닙니다. 내 본래의 모습을 존중해주는 사람들을 말하는 거예요. 언젠가 당신에게도 그런 날이 올 겁니다. 실례합니다. 내 코냑 잔이 비었네요."

그가 일어났고, 조제는 그를 따라 거실로 향했다. 그들은 문가에서 걸음을 멈추었다. 앨런이 로라의 발치에 앉아 있었고 로라는 그를 내려다보고 있었는데, 그 눈빛이 너무나 부드럽고 갈망이 가득해서 조제는 뒤로 흠칫 물러섰다. 앨런이 고개를 들어 그들을 보고 조제에게 공모의 눈길을 보내는 바람에 조제는 얼굴이 붉어졌다. 도르 씨가 저지할까 봐 잠시 두려웠지만, 도르 씨는 이미 방을 가로질러 바 쪽으로 걸어가고 있었다. 어쨌든 조제는 앨런의 발칙한 게임에 말려들고 싶지 않았다.

그날 밤 침실에서 앨런이 자신에 대한 로라의 관심을 자기만족적인 잔인한 태도로 되돌아보며 이리저리 서성거릴 때 조제는 자신의 생각을 분명히 알렸다.

"당신의 그런 부주의한 태도가 난 기분 나빠. 상대가 어떤 사람이든 사람들과의 관계를 그런 식으로 즐겨선 안 되지."

앨런이 서성거리던 걸음을 멈추었다.

"당신 그동안은 그런 식으로 말하지 않았던 것 같은데. 전에 여기 자주 오지 않았어?"

"몇 번 왔지."

"누구랑?"

"친구들이랑."

"여러 명 아니면 한 명?"

"친구'들'이라고 말했잖아."

"그런데도 당신은 이 시골집에 대해 나에게 아무 이야기도 안 했어. 바다 이야기, 산 이야기, 도시 이야기는 했지만 이 시골집 이야기는 한 번도 하지 않았어, 안 그래?"

조제는 베개 밑에 머리를 묻었다. 그리고 숨이 조금 막혀 왔을 때 베개를 조심스레 들어올렸다. 앨런의 눈이 그녀를 응시하고 있었다.

"걱정 마, 나도 다 알게 될 테니까." 앨런이 말했다.

"로라를 통해?"

"날 어떤 사람으로 생각하는 거야? 조제 당신을 통해서지. 곧 말이야."

그렇기는 했지만 로라의 상태에는 뭔가 이상한 점이 있었다. 그녀의 농염함은 도발의 성질을 띠고 있었다. 조제가 앨런을 뒤따르게 하고 먼저 아침 식탁에 도착하자, 로라는 큰 소리로 환대하며 그녀를 맞이한 뒤 곧바로 앨런에 대한 찬양을 시작했다.

"앨런은 아직 자나요? 그 사람은 아이니까 잠이 많이 필요하겠죠. 미국 젊은이들에겐 굉장한 매력이 있어요. 그들을 만나보면 마치 갓 태어난 사람 같은 느낌을 받는다니까요. 커피 마실래요?"

"차로 마실게요."

"앨런을 처음 만났을 때 그런 인상을 받지 않았어요? 과거가 없는 사람 같은 인상요. 당신을 만나기 전 인생에서 다른 여자들이 없었을 것 같은."

"정확히 그런 건 아니에요." 조제가 잠에서 완전히 깨어나지 않은 상태로 말했다.

"딱 하나 곤란한 점은." 로라는 자신의 말이 방해가 된다는 걸 알아차리지 못하고 계속 말했다. "사람들이 전부 자기 같을 거라고 생각한다는 거예요. 그러니까 우리 늙은 유럽에서는……."

조제는 그 후에 이어진 말을 듣지 못했다. 잠시 위를 쳐다보다가 토스트 쪽으로 손을 내밀었을 뿐이다. 이후 로라는 바깥 바람에 지친 손님들 앞에서 앨런의 팔을 붙잡고 이리저리 끌고 다니며 건강을 위한 아침 산책을 했다. 그러다가 손님들을 떠올렸고, 자신이 원하는 바를 막연히 찾았다. 그들은 집 앞에 놓인 의자에 앉아 햇빛을 쬐며 과일 주스를 마시고 있었고, 조제는 장 피에르 도르가 한 말을 생각했다.

'그건 들판과 같아요. 아무도 거기에 눕지 않지.' 그때 로라가 흥분에 사로잡혀 몸을 일으켰다.

"당신한테서 앨런을 잠시 뺏어가야겠어요. 점심 식사 전에 내 멋진 다락방을 보여주고 싶거든요."

그녀는 이 말을 하면서 조제를 바라보았고, 조제는 대답으로 미소를 지어 보였다.

"당신한텐 같이 가자고 권하지 않을게요, 조제. 당신도 이미 예상하고 있을 거라 생각해요."

지금으로부터 5년 전 평판에 해로울 수 있는 상황에 놓인 그녀와 마르크를 로라가 발견했던 그 다락방이었다. 그 시절 그들은 모두 그 다락방의 매력에 관해 많은 농담을 했다. 그런 사정으로 로라가 조제에게 겁을 주려 한 것이다……. 조제는 분노에 사로잡혀 얼굴이 창백해졌고, 말없이 있던 젊은 화가가 그녀에게 포트와인을 권해 난처한 상황을 일단락지으려 했다.

"제가 마르크와 잤던 다락방을 말하는 거죠?" 조제가 평온하게 말했다.

아연실색한 침묵이 내려앉았다. 조제가 앨런 쪽으로 몸을 돌리고 말했다.

"내가 당신한테 이야기했는지 모르겠네. 스무 살 때 마르크라는 남자하고 그랬어. 로라가 당신한테 자세히 이야기해 줄 거야."

조제는 웃음을 터뜨렸다. 그것이 무엇이 되었든 로라가 이야기할 거라는 확신 때문이었다. 화가가 유쾌한 어조로 거들었다.

"이 집에서 그 누가 일탈행위를 하지 않겠습니까! 이 집은 빌어먹을 집이에요."

"내가 보기에 그 표현은 조금 잘못된 것 같네요. 나는 조제의 일탈행위에 관해 아는 것이 없답니다. 다행히도요." 로라가 화를 내며 말했다.

"제 아내가 과거에 한 일탈행위는 그녀 자신의 문제입니다." 앨런이 부드러운 어조로 말했다. 그런 다음 몸을 숙여 조제의 머리칼에 입을 맞추었다.

'이 사람 또 나를 괴롭히기 시작할 거야.' 조제는 퍼뜩 이런 생각이 들었고, 그의 폭발이 유발할 온갖 질문과 분노를 예상해보았다. 그리고 지레 지쳐서 눈을 감았다. 그녀는 정말 바보였다. 앨런이 그녀에게 미소를 지었다. 기분이 지나치게 좋아 보여서 정말 미치광이이거나 조광증 환자 같았다. 너무 늦기 전에, 뭔가 끔찍한 일이 일어나기 전에 그의 곁을 떠나야 했다. 하지만 꼼짝 않고 의자에 앉아 있었다. 영화관에서도 그녀는 결말을 보기 전엔 자리를 뜨지 못했다.

이후 두 달 동안 마르크가 도마에 올랐다. 어떻게 알게 되었느냐, 그의 어떤 점이 마음에 들었느냐, 얼마나 오래 사귀었느냐. 조제는 별로 중요하지 않은 사고 같은 것이었다고 말했고 심지어 그를 허수아비 같은 인물로 치부했으나 소용없었다. 별것 아닌 일로 돌리는 태도가 오히려 앨런의 상상을 강하게 부추기는 것 같았다. 마르크가 정말 그녀의 주장대로 경박하고 보잘것없는 인물이라면, 그녀가 말하지 못하는 다른 뭔가가 있을 것이기 때문이다. 조제는 밤 외출을 하기 시작했다. 그가 그녀에게 몸을 숙이고 '나는 그 남자만큼 당신을 즐겁게 해주지 못해, 그렇지'라고 말하는 순간을 늦추기 위해 최대한 늦게까지 밖에 있었다. 언제나 분명하고, 때로는 노골적인, 그녀가 싫어하는 질문들이 홍수처럼 쏟아져 나오는 순간을 늦추기 위해 말이다. 두 달이 지나자 술 때문에 얼굴이 부풀어 오르고 눈가엔 다크서클이 생겼다. 그녀는 노선을 바꾸었다. 10시에 잠자리에 들었고, 체력을 단련했으며, 앨런의 애원과 위협에 고집스러운 침묵으로 맞섰다. 그가 하는 말은 전부 함정이었고, 조제는 여러 번 자신도 모르는 사이에 그를 증오하고 있음을 깨달았다.

로라 도르는 가까이 지내는 친구가 되었다. 그들은 거의 매일 저녁 그녀를 만났다. 주로 로라의 집에서. 로라가 기분 좋은 저녁 식사 자리를 마련했고, 이후 앨런은 조제를 나이트클럽에 끌고 갔다. 나이트클럽에서 새벽을 맞으면 열 살은 더 나이 먹은 기분, 얼빠지고 희열에 찬 기분이 되었다. 로라는 오후에 자주 그들 집에 들렀고, 앨런의 그림들을 보며 열광했다. 또 여기저기에 이 젊은 부부가 굉장히 매력적이고, 그들과 교류하면서 자신이 젊어지고 있다고 말했다. 로라가 그들 집에 도착하기 무섭게 조제는 자리를 피했다. 관객이 와줘서 무척 신이 난 앨런이 로라에게 기상천외한 이야기를 늘어놓으며 그림을 그리는 동안 로라가 앨런의 작업실과 거실 사이를 마음대로 왔다 갔다 하도록 말이다. 조제가 돌아와서 보면 두 사람은 안락의자에 쓰러지듯 주저앉아 그날 저녁의 첫 드라이를 마시고 있었다. 술을 끊은 이후 조제는 그들의 대화를 따라가기가 꽤나 힘들었다. 그저 로라 얼굴의 주름과 눈 밑의 부어오른 살 그리고 앨런이 지독히도 정성 들여 그녀의 잔을 채워주는 모습을 곁눈질로 바라볼 뿐이었다. 앨런은 로라를 향한 매력 넘치고 친절한 태도를 결코 버리지 않았다. 그녀의 생활에 관해 세세히 질문했으며, 그녀와 몇 시간씩 춤을 추었다. 도대체 어쩔 속셈인지 조제로서는 전혀 알 수가 없었다.

어느 날 저녁, 조금 늦게 집으로 돌아온 조제는 베르나르가 그 두 사람과 함께 앉아 있는 것을 발견했다. 베르나르는 긴 여행에서 돌아온 참이었고, 조제는 반가워서 그의 품에 뛰어들었다. 그러나 그는 어두운 표정이었다. 로라가 떠나자 베르나르가 조제를 돌아보며 물었다.

"너희 두 사람 무슨 장난을 하고 있는 거야?"

조제가 눈썹을 치켜세우며 되물었다.

"우리가 무슨 장난을 하느냐고?"

"그래. 앨런하고 너. 저 불쌍한 로라한테서 도대체 뭘 원하는데?"

"나 개인적으로는 그 여자한테 원하는 거 아무것도 없어. 나보다는 앨런에게 물어봐."

앨런이 미소를 지었다. 하지만 베르나르는 그를 보지 않았다. "나는 너한테 묻고 있어, 조제. 너 예전엔 착했잖아. 왜 그 여자를 우스운 사람으로 만드는 걸 손 놓고 보고 있어? 모두들 그 여자를 조롱하고 있어. 모른다고는 하지 마."

"난 정말 몰랐어. 어쨌든 난 이 일에 책임이 없어." 조제가 짜증스러운 어조로 말했다.

"이 가학적인 녀석이 그 여자를 망가뜨리는 걸, 그 여자를 취하게 하고 환상을 품게 하는 걸 방치하는 한 너도 그 일에 책임이 있지."

앨런이 감탄하며 휘파람을 불었다.

"가학적인 녀석이라…… 말이 좀 심한 것 같네……."

"왜 로라로 하여금 자기가 널 사랑한다고 혹은 네가 자기를 사랑하게 될 거라고 믿게 만드는 거야? 왜 그 여자를 우스꽝스러운 상황에 몰아넣냐고. 그녀에게 무슨 복수라도 하려는 건가?"

"복수 같은 거 아니에요, 그냥 재밌어서 그러는 겁니다."

앨런이 기분 나쁜 표정을 지었다. 베르나르는 격분했다. 조제는 보의 시골집에 초대받았을 때 날씨가 화창한 가운데 사람들이 앨런과 로라의 관계에 대해 많은 이야기를 하던 것을 떠올렸다.

"네 입장에서 재미있는 거지. 가진 건 돈밖에 없고 나르시시즘에 빠져 있는 상스러운 녀석의 재미. 무슨 치명적인 콤플렉스 때문인지 몰라도 너희 두 사람은 어리석은 삶을 살고 있어. 조제의 경우엔 나약함 때문이겠지. 그게 제일 나빠."

"이렇게 돌아와서 기뻐. 여행은 어땠어?" 조제가 말을 돌렸다.

그러나 베르나르는 아랑곳하지 않고 말했다. "너 도대체

이 녀석하고 언제 헤어질 생각이야?"

그때 앨런이 일어나 베르나르에게 주먹을 한 방 날렸고, 굉장히 서툴고 보기 흉한 싸움판이 벌어졌다. 둘 다 주먹 싸움엔 미숙한 탓이었다. 하지만 그들은 무척 격분해 있었기 때문에 베르나르의 팔꿈치 공격을 제대로 받은 앨런의 코피가 터졌다. 테이블이 술병들과 함께 바닥으로 쓰러졌다. 진이 엎질러져 양탄자가 흥건해졌고, 유리잔들이 의자 밑에 나뒹굴었다. 조제는 두 남자에게 멈추라고 소리쳤다. 두 남자는 머리가 헝클어진 채 우스꽝스러운 모습으로 서로를 바라보았다. 앨런이 손수건을 꺼내 코피를 닦았다.

조제가 말했다. "우리 다시 앉자. 아까 무슨 이야기를 하고 있었지?"

"미안해. 로라는 내 오랜 친구야. 날 성가시게 하긴 해도, 많은 사람을 굉장히 후하게 대접해온 여자지. 그렇다고 내가 그녀를 위해 결투 같은 걸 신청한 건 아니야." 베르나르가 말했다.

"피가 철철 나네. 조제의 흠모자들과 이렇게 싸워야 할 줄 알았다면 결혼하기 전에 해병대에서 훈련을 받는 건데." 앨런이 이렇게 말하더니 웃음을 터뜨렸다.

"마르크라는 사람에 대해 아는 게 좀 있습니까, 베르나르?"

"아니." 베르나르가 단호하게 대답했다. "전에도 물어봤잖아. 그리고 그건 로라와는 아무 상관 없어."

"난 로라에게 악감정이 없어요. 그녀의 재산이나 매력에 눈독 들이는 것도 아니고요. 로라는 예술가입니다. 그게 다예요. 그녀가 내 전시회를 후원해줄 예정이기도 하고요."

"당신 전시회?" 조제가 물었다.

"응. 그녀가 어제 평론가 한 사람을 데려왔어. 잘될 것 같아. 한 달 후에 전시회를 열 거야. 난 이렇게 해서 당신 친구가 비난하는 무익한 삶에서 벗어나려 하고 있다고, 조제."

"어떤 평론가인데?" 조제가 재차 물었다.

"도미에라는 사람이야."

"그 사람 훌륭한 평론가야. 축하해. 날 원망하지 않으면 좋겠고." 베르나르가 말했다.

어리둥절해 있던 조제가 냉담한 표정으로 떠나는 베르나르를 문 앞까지 배웅했다.

"무슨 생각 해?" 조제가 베르나르에게 물었다.

"너랑 똑같은 생각. 그는 성공을 거둘 거고, 널 한시도 편안히 놓아두지 않을 거야. 그러면 넌 이렇게 생각하겠지. '화가니까!' 앨런이 널 다시 만나도록 돕지 말아야 했어."

베르나르가 여전히 화난 채로 말했다.

"왜 그런 말을 해? 로라 때문이야?"

"그 이유가 크지. 난 앨런이 조금 미치광이 같지만 상냥한 사람이라고 생각했어. 그런데 상냥하지도 않고 완전히 미쳤어."

"그건 과장이야." 조제가 말했다.

베르나르는 어둠 속에, 층계참 위에 있었다. 그가 그녀의 손목을 잡았다.

"앨런이 널 망가뜨릴 거야, 내가 장담해. 제발 너 자신을 구원해."

그녀가 반박하려 했다. 그러나 그는 이미 계단을 내려가고 있었다. 그녀는 생각에 잠겨 거실로 돌아갔다. 앨런이 다가와 그녀를 꽉 껴안았다.

"대체 이게 무슨 일인지……. 코가 너무 아파. 당신 내가 전시회를 여는 게 기분 좋아?"

그녀는 앨런의 코에 습포를 대주고 함께 즐거운 계획을 세우며 밤 시간을 보냈다. 앨런은 아이가 되고 무장 해제된 것 같았다. 오직 그녀를 기쁘게 해주려고 그림을 그린 것 같았다. 그는 그녀의 품 안에서 잠들었고, 그녀는 오랫동안 그가 자는 모습을 측은한 마음으로 지켜보았다.

한밤중에 그녀는 땀에 젖은 채 잠에서 깨어났다. 베르나르가 한 말들이 결실을 맺었다. 꿈속에서 로라가 보의 시골집 잔디밭에 흉한 모습으로 누워 있었다. 그녀가 신음하고 구조요청을 했지만 소용없었다. 사람들은 보지도 않고 그녀 옆을 그냥 지나갔다. 조제가 이 사람 저 사람에게 달려가 로라를 가리켰다. 하지만 그들은 따분해하는 표정으로 이렇게 말했다. '어디 봅시다, 에이, 별거 아니에요.' 앨런이 안락의자에 앉아 미소 짓고 있었다.

그녀는 침대에서 일어나 비틀거리며 욕실까지 걸어가, 물을 커다란 잔으로 두 잔 마셨다. 맑고 차가운 물이 목구멍으로 넘어가는 느낌은 절대 질리지 않을 것 같았다. 앨런이 조금 신음소리를 냈고, 조제는 그를 흘낏 바라보았다. 욕실에서 새어나온 빛의 파편 속에, 침대에 반듯이 누운 그의 모습이 보였다. 코가 부어올라 잘생긴 얼굴이 흉해진 그는 반쯤 죽은 사람 같았다. 그녀는 빙긋이 웃었다. 새벽 5시인데 잠이 달아나버렸다. 그녀는 목욕 가운을 집어들고 발끝으로 걸어 방에서 나갔다.

거실로 나가니 반은 끔찍하고 반은 부드러운 푸르스름한 빛과 함께 어렴풋한 여명이 느껴졌다. 그녀는 안락의자를 창문 앞으로 끌어당겨 앉았다. 거리에는 인적이 없었고, 공기는 신선했다. 갑자기 뉴욕에서 돌아올 때가 생각났다. 정오에 출발해 여섯 시간 뒤 파리에 도착하니 자정이었다. 30분 동안 비행기 안에서 눈부신 아침 해가 아래로 떨어지고, 붉어지고, 사라지는 모습을, 그러는 동안 밤의 그림자들이 비행기를 향해 돌진해오고, 둥근 창문들 밑으로 파란색과 연보라색 그리고 검은색 구름들이 열을 지어 지나가는 모습을 보았다. 그리고 단숨에 다시 밤이 되었다. 그때 그녀는 그 구름들의 바다에, 공기·물·바람의 혼합물에 잠기고 싶은 신기한 욕구를 느꼈다. 그것이 어린 시절의 추억들처럼 그녀를 감싸면서 가볍고 부드럽게 피부에 닿는 것을 상상했다. 그 하늘 풍경에는 놀라운 뭔가가, 삶을 '소음과 격분이 가득한' 어리석은 꿈으로 요약하는 뭔가가, 진짜 삶이어야 할 눈을 가득 채워주는 시적 평정을 희생해서 완수되는 꿈으로 요약하는 뭔가가 있었다. 이 순간 그녀는 해변에 혼자 누워 시간을 흘려보내듯이, 시간이 흘러가는 소리를 듣듯이, 아무도 없는 거실에서 주저하며 다가오는 여명을 바라보고 있었다. 삶에서 도망쳐, 사람들이 삶이라고 부르는 것에서 도망쳐, 온갖 감정들로부터 도망쳐, 내 장점과 단점들로부터 도망쳐, 수없이 많은 은하수 중 하나의 100만분의 1 면적에서 잠시의 호흡이 되고 싶었다. 조제는 기지개를 켜고 양팔을 꺾어 우두둑 소리를 낸 뒤 가만히 있었다. 앨런, 베르나르 혹은 로라는 이런 단절된 느낌을 얼마나 여러 번 경험했을까? 그 느낌을 훼손하는 단어들로 곧장 그것을 번역해보려고 몇 번이나 시도해봤을까? 사라지기 전에 그것들 사이에서 작은 고통과 기쁨들을 뽑아내는 뼈, 피 그리고 회백질의 허약한 조합……. 그녀는 미소 지었다. 그들 삶의 문제들을 더 현명한 무한과 대질하는 일이 아무짝에도 쓸모없다는 것을 그녀는 잘 알고 있었다. 해가 뜨려 했다. 몸짓과 말에 굶주린 채 소란스럽게.

"찬사를 드립니다, 선생. 선생의 그림에는 남다른 점이 있어요. 뭐랄까……." 낯선 남자가 양팔로 포물선을 그리더니, 적절한 단어를 찾았다. 그리고 찾아냈다.

"인식. 그래요, 새로운 인식이 있습니다. 다시 한번 축하드립니다."

앨런이 미소 지으며 몸을 숙였다. 그는 매우 감동한 것 같았다. 전시회는 대성공이었다. 로라가 노련한 솜씨로 진행한 프로모션의 힘은 강력했다. 신문들은 그의 그림이 지닌 힘, 기묘함, 심오함에 대해 이야기했다. 여자들이 앨런을 쳐다보았다. 사람들은 영감을 찾아 파리에 온 이 젊은 미국인

화가에 대해 좀 더 일찍 듣지 못한 것을 놀라워했다. 그가 석탄 공급 담당 선원처럼 화물선을 타고 도착했다고 수군거리기도 했다. 앨런이 몹시 당황스러운 표정을 하지 않았다면 조제는 많이 웃었을 것이다. 그들은 둘만의 생활에서 벗어나 전시회에 신경 쓰며 3주를 보냈다. 앨런은 걱정에 신음했고, 밤중에 일어나 자기가 그린 그림들을 바라보았다. 조제를 깨워 자신의 운명을 이야기하듯 자기 필치에 대해 이야기했다. 발작을 일으켜 로라까지도 겁먹게 만들었고, 조제에게 한시도 떠나지 말고 옆에 있어달라고 애원했다. 엄마로서, 애인으로서, 또 평론가로서. 그래도 그녀는 행복했다. 이제 그는 그 자신 말고 다른 것에 관심이 있었다. 존중과 열정을 가지고 자기 일에 대해 이야기했고 뭔가를 창조해냈다. 갑자기 그들 공동의 삶이 다시 가능한 것이 되었다. 여자를 필요로 하는 남자로서 그가 그녀를 필요로 하는 삶. 하지만 지금 그에게는 다른 것도 있었다. 조제는 로라 도르가 뮤즈 역할을 하면서 앨런이 차츰 기운을 차리고 우월감을 느끼며 건방지게 행동하는 것을 차분한 눈으로 지켜보았다. 어쨌든 그녀는 마르크 이야기를 하는 것보다 반다이크[9] 이

9 반다이크(Anthony Van Dyck, 1599~1641), 17세기 플랑드르의 화가.

야기를 하는 것이 더 좋았다. 검은 비로드 정장 차림으로 사람들 사이를 구불구불 빠져나와 그녀에게 다가온 세브랭에게 그녀가 중얼거린 말이 바로 이것이었다.

"네 입장 이해돼. 앨런이 나에게도 많은 질문을 퍼부어 나를 지치게 했어. 그런데 그림들이 거의 다 팔린 거 너도 알지?" 그가 미소를 지었다.

"네, 어떻게 알았어요?"

"무척 놀라워. 그 얘기를 들으니까 이런 생각이 들더라고. 그러니까……."

"피곤하게 생각할 거 뭐 있어요. 당신이 그걸 의아하게 여기는 거 저도 잘 알아요." 조제가 말했다.

"사실이야. 우리 이제 로라 집에 가서 저녁 먹는 거지? 로라 좀 봐. 마치 자기가 이 모든 일을 해낸 것 같은 표정이야."

"기분 좋겠죠." 조제가 말했다. 조제는 자신이 로라에 대해 무한히도 너그러운 태도를 취하고 있다고 느꼈다. 그리고 실제로 그녀를 많이 도왔다.

"곳곳에서 사람들이 그렇게 말해. 이제 가시 돋친 암시를 할 권리가 너에게 생길 거야." 세브랭이 빠르게 덧붙였다.

"저 그런 역할 좋아해요." 조제가 어깨를 으쓱하며 말했다.

"네 마음이 평온한 이상, 그렇지?"

그들은 웃음을 터뜨렸다. 앨런이 눈썹을 찡그리며 그들을 돌아보더니, 미소를 지으며 세브랭에게 말했다.

"와주셔서 감사합니다. 보시니 어떠세요?"

"근사합니다." 세브랭이 대답했다.

"그것이 대체적인 의견 같네요." 앨런은 만족스러운 웃음을 머금고는 새로운 찬미자를 상대했다.

세브랭이 조금 거북한 표정으로 헛기침을 했다. 조제가 붉어진 얼굴로 말했다.

"지금 앨런은 자기가 피카소나 되는 줄 알고……."

"오셀로보다는 그 역할이 낫지, 조제."

세브랭이 그녀를 끌고 갔다. 그들은 전시회장에서 나와 카페테라스 좌석에 앉았다. 공기가 포근했고, 앵발리드 위로 해가 지고 있었다. 세브랭이 수다를 떨었다. 조제는 그의 이야기에 멍하니 귀 기울였다. 열흘 전 앨런의 찡그리던 얼굴이 눈앞에 다시 보이는 것 같았다. '당신 잘됐다고 생각하지? 이 일이 뭔가 가치가 있다고 생각하지? 나에게 말해줘, 말해봐.' 그런 다음 방금 전과 같은 표정을 지었다. '그것이 대체적인 의견 같네요.' 방향전환이 조금 빠른 감이 있었다. 앨런은 지나치게 똑똑하고, 대체적으로 허영심 같은 건 전혀 없었는데 말이다.

"너 내 이야기 안 듣고 있구나, 그렇지?"

"듣고 있어요, 세브랭."

세브랭이 주먹으로 테이블을 두드렸다.

"아니. 파리에 돌아온 이후로 넌 내 이야기를 듣지 않았어. 그 누구의 이야기도 듣지 않았지. 항상 숨어서 뭔가를 기다리는 표정이었어. 너희 두 사람은 마치 두 명의 유령 같아. 그거 알아?"

"네."

"그게 요점이야."

조제는 세브랭의 진지한 어조에 놀라 그를 쳐다보다가, 펄쩍 뛰며 화를 냈다.

"베르나르랑 똑같은 말을 하네요. 우리 두 사람이 당신들을 엄청 신경 쓰이게 하나봐요?"

"베르나르도 나처럼 자기 일에 신경 쓰겠지. 하지만 나처럼 널 무척 사랑해."

조제가 충동적으로 그의 손을 잡고 말했다.

"미안해요. 내가 어떤 지경에 와 있는지…… 이제 더는 모르겠어요. 말해주세요, 세브랭, 당신은 어떻게 생각해요? 내 잘못일까요?"

세브랭은 '뭐가?'라고 묻지 않고, 오른쪽에서 왼쪽으로 고개를 저었다.

"그건 네가 말한 것처럼 '네 잘못'이 아니야. 이런 문제는 그 누구의 잘못도 아니지. 혹시 이 문제를 해결하는 것이 너에게 달린 것 같다는 의미라면, 난 그렇게 생각하지 않아. 다른 얘기지만 처음에 앨런은 순진한 표정으로 나를 사로잡을 뻔했어. 그가 로라를 그런 상태로 몰아가지만 않았다면……."

"어떤 상태요?"

"열렬한 사랑에 빠진 상태. 매일 그녀를 보고, 그녀를 유혹하고, 그녀를 건드리지는 않으면서……. 그래, 로라는 수면제와 흥분제로 하루하루 연명하는 셈이지. 도르 씨가 그녀를 이집트에 데려가려고 했어. 하지만 네 남편이 몹시 고통스러운 표정으로 이렇게 말했지. '당신 없이…… 내 전시회를 열라고요?' 결국 그녀는 가지 않고 여기 남았어."

"난 몰랐어요."

"넌 아무것도 몰라. 이 사건에 말려드는 게 너무 두려워서 다른 걸 꿈꾸잖아. 대체 무얼 꿈꾸는 거야?"

조제가 웃음을 터뜨렸다.

"인적 없는 해변요."

"그럴 만도 하지. 넌 어떤 사건이나 악행 때문에 피곤해질 때 인적 없는 해변을 꿈꾸잖아. 그거 기억나니……."

조제가 본능적으로 곁눈질을 해 주위를 힐끔거렸고, 세브랭은 그런 그녀를 보고 재미있어했다.

"걱정하지 마. 앨런은 여기에 없으니까."

"간단한 이야기가 아니에요, 세브랭. 앨런은 내 남편이고 나를 사랑해요. 난 그에게 애착이 있고요."

"다 포기한 아줌마처럼 굴지 마. 넌 그 남자와 결혼했어. 다른 남자들하고는 결혼해보지 않았고. 그럼 어떻게 해야 할까? 그렇게 빨리 포기하지 말라는 뜻이야. 난 네가 화낼 때 너무 좋더라, 조제……."

세브랭이 길거리로 조제를 따라왔고, 조제는 입을 앙다물고 중얼거리며 걸었다. "나는 그렇지 않아요. 난 그렇지가 않다고요." 결국 세브랭이 그 소리를 들었다.

"물론 넌 그렇지 않아. 넌 행복하고 즐거운 삶을 살기 위해, 그리고 하루 종일 네 목을 조이지 않는 누군가를 사랑하기 위해 이 세상에 태어났지. 조제, 화났어?"

그들은 갤러리로 돌아갔고, 조제는 세브랭을 향해 돌아서서 눈물이 가득 고인 눈으로 "아뇨"라고 짧게 대답했다. 세브랭은 당황해서 문가에 멈춰 섰다.

조제는 눈물을 그치기 위해 입술을 깨물고 군중을 가르며 안으로 들어가 앨런을 찾았다. '앨런, 내 사랑, 당신은 나를 너무 사랑해. 당신은 미쳤어, 당신은 다른 사람들과 같지 않아. 앨런, 저 사람들 생각이 틀렸다고, 저 사람들은 아무것도 이해하지 못한다고, 이 상황은 결코 끝나지 않을 거라고 나에게 말해줘.' 조제는 마지막 관객과 악수하던 앨런에게 거의 몸을 부딪치다시피 했다.

"어디 갔었어?" 앨런이 물었다.

"세브랭이랑 맥주 한잔 했어. 숨이 막혀서."

"세브랭이랑. 그래, 그래. 5분 전에 그 사람 봤어."

"이건 말이 안 돼. 부탁이야, 다 그만두자."

조제의 말에 앨런이 조제를 힐끗 보고는 웃음을 터뜨렸다.

"당신 말이 맞아. 오늘은 좋은 날이니 우리의 소소한 미친 짓거리들은 다 그만두자고. 그림에 대해, 재능에 대해 이야기하자."

갤러리에는 아무도 없었다. 조제와 앨런 단둘뿐. 로라가 바깥에 세워진 자동차 안에서 손짓으로 그들을 불렀다. 앨런이 조제의 팔을 잡고 자기 그림 앞으로 데려갔다.

"이게 보여? 이건 아무 가치도 없어. 이건 그림이 아니야. 작은 강박관념으로 색들을 캔버스에 칠한 거지. 훌륭한 평론가는 이것에 속지 않아. 이건 형편없는 그림이라고."

"왜 그렇게 말해?"

"사실이니까……. 난 항상 알고 있었어. 당신은 어떻게 생각해? 내가 나만의 연극에 몰두한 걸까? 당신은 나를 너무 모르는 게 아닐까?"

"왜 연극을 한 거야?"

조제는 깜짝 놀랐다.

"내 기분전환을 위해. 그리고 당신을 차지하기 위해. 한편으로 나는 그게 사실이 아니어서 애석해. 최근에 당신은 화가의 아내 역할을 훌륭히 해냈어. 안심시켜주었지……. 내 작품들에 열광하진 않지만 그걸 잘 숨기면서. 그게 나를 신경 쓰이게 했어. 줄곧 그랬다고, 응?"

조제는 냉정을 되찾고 호기심을 느끼며 그를 바라보았다.

"그 모든 말을 왜 이제 와서 하는 거야?"

"내 남은 나날을 강박관념투성이의 그림을 서툴게 그리며 보내고 싶지 않아서. 그리고 난 당신한테 거짓말하기 싫어." 그가 우아하게 덧붙였다.

그녀는 앨런 앞에 가만히 서 있었다. 앨런 때문에 지새웠던 하얀 밤들이, 그의 끔찍한 연극들이, 그가 고집부리던 일들이 희미하게 떠올랐다. 그녀는 메마른 웃음을 흘렸다.

"당신 그동안 해온 역할을 조금 과장하고 있네. 가자, 당신의 후원자가 기다리고 있어."

로라는 흥분과 행복으로 얼굴이 잔뜩 상기되어 있었다. 자동차 안에서 그녀는 앨런과 조제 사이에 앉아 쉬지 않고 이야기했다. 때때로 그녀의 손이 갈망하면서도 두려워하며 앨런의 손을 스쳤다. 앨런은 자연스러운 쾌활함으로 화답했고, 조제는 그들의 웃음소리와 로라의 손의 발작적인 움직임을 감지하면서 죽고만 싶었다.

롱샹 로에 있는 로라 도르의 아파트는 너무 넓고 장중했다. 불[10]의 가구가 다른 가구 옆에 놓여 있어서 파티 초반에는 아무도 자기 술잔을 어디에 놓을지 알지 못했다. 조제는 아파트 안을 가로질러 욕실로 뛰어들어가 문을 잠갔다. 거기서 한 시간 전 흘린 뜨거운 눈물 때문에 망가진 화장을 공들여 고쳤다. 거울 속을 응시하다가 자신의 얼굴에서 불안하고 굶주린 표정을 발견했다. 그 표정은 그녀에게 잘 어울렸다. 그녀의 활 모양 눈썹을, 타원형 얼굴을 조금 길어 보

---

10 앙드레 샤를 불(André Charles Boulle, 1642~1732), 프랑스의 고급 가구 세공인.

이게 하고, 아랫입술의 볼록 나온 부분을 강조하고, 결국에는 그 표정이 그려낸 나이 많고 위험한 미지의 여자에게 미소 짓게 했다. 그녀 안에서 불쾌하지 않은 작은 열기가, 파괴하려는 욕구가, 사람들의 빈축을 사려는 욕구가 스멀거리며 올라왔다. 키웨스트를 떠나온 이후 느껴본 적 없는 욕구였다. "저 사람들이 내 신경을 자극하기 시작하네." 그녀는 중얼거렸다. "내 신경을 심하게 자극해." '저 사람들'은 막연하고 기만적인 다수를 뜻했다. 그녀는 제어할 수 없는 활력 혹은 온화한 분노로 가득해진 채 욕실에서 나왔다. 거실에서 로라와 앨런이 벽에 몸을 기댄 채 거드름을 피우며 즐겁게 이야기를 나누고 있었다. 전시회 관람을 일찌감치 마친 몇 명은 이미 도착해 있었다. 조제는 결연히 그들을 무시하고 쟁반 위 커다란 잔에 담긴 위스키를 마셨다. 앨런이 그녀에게 말을 걸었다.

"난 당신이 두 달 전부터 물만 마시는 줄 알았는데?"

"목이 말라서." 그녀가 대답했다. 그런 다음 앨런을 똑바로 쳐다보며 활짝 웃어 보였다. 앨런은 당황했다. "당신의 성공을 위해 건배." 그녀가 위스키 잔을 들어올리며 말했다. "그리고 로라의 성공을 위해서도. 모든 게 너무도 잘 진행된 건 로라 덕분이니까."

로라가 방심한 미소로 그녀에게 답하고는 앨런의 팔을 흔들어 주의를 환기했다. 앨런은 여전히 조제에게 눈길을 고정한 채 잠시 망설였다. 하지만 조제는 그에게 눈을 크게 찡긋해 보이고는 몸을 돌렸다. 먹잇감을 찾아 거실 안을 둘러보았다. 그녀에게 관심을 가져줄 잘생기고 온화한 남자라면 누구든 상관없었다. 하지만 거실에는 사람이 별로 없었다. 그녀는 그 사실에 낙담한 채 그 어느 때보다 안색이 창백한 엘리자베스 옆에 가서 앉았다. 엘리자베스는 자신의 끔찍한 연인을 기다리는 중이었다. 그녀는 열흘 전에 또 자살을 기도했고, 손목에 수상쩍은 붕대가 감겨 있었다.

"잘 지내세요?" 조제가 말했다.

그리고 잔에 담긴 위스키를 한 모금 마셨다. 맛이 지독했다.

"잘 지내죠. 고마워요. (엘리자베스의 자살 기도는 다른 사람들의 감기 정도의 화젯거리였다.) 앙리코는 뭘 하고 있는지 모르겠네요. 여기 왔을 텐데. 앨런 일이 잘돼서 너무 좋아요……."

"고마워요." 조제가 말했다.

그녀는 따뜻한 눈빛으로 엘리자베스를 바라보았고, 호랑이를 유혹할 준비가 됐다고 느꼈다.

그 호의적인 눈길 앞에서 엘리자베스는 활력을 얻었다. 엘리자베스가 잠시 망설이다가 큰 소리로 말했다.

"앙리코가 앨런의 반만큼이라도 성공하면 좋으련만! 그러면 그 사람도 세상과 화해하고 구원받을 텐데 말이에요. 그 사람은 이 세상과 사이가 좋지 않거든요, 당신도 알죠?"

엘리자베스는 가정부들의 불화에 대해 이야기하듯 이 말을 했다. 조제는 심각한 표정으로 고개를 끄덕였다. 조제는 기분이 무척 좋았다. 왜냐고? '내가 행동하고 있으니까, 나 자신이 하고 싶은 대로 하며 사니까, 저기서 거짓말을 하고 있는 애송이 화가의 반응을 더 이상 염려하지 않으니까.' 그러자 잔인한 기쁨이 그녀를 사로잡았다. 엘리자베스가 계속 말했다.

"앙리코가 나한테 이렇게 말했어요. '당신의 좋은 친구들이 나를 도와준다면……' 물론 그렇겠죠. 하지만 난 앙리코한테 관심을 가져달라고 로라에게 요구할 수가 없어요. 앙리코는 내가 자기에 대해 불평해서 내 친구들이 자기를 싫어한다고 생각하죠. 하지만 난 그 사람에 대해 불평하지 않아요. 절대로요. 난 그를 알아요. 그 사람은 재능이 넘치는데, 자신의 실패 때문에, 복제품만 좋아하는 대중의 수준 때문에 괴로워해요……. 음…… 물론 앨런의 경우를 말하는 건 아니에요."

"그러셔도 돼요. 저는 개인적으로 그 사람 그림을 좋아하지 않아요." 조제가 냉철하게 말했다.

"당신 생각은 틀렸어요." 엘리자베스가 가냘픈 소리로 말했다. "보고 있으면 어리둥절해지긴 하지만, 그분 그림엔 남다른 점이 있어요……."

그녀의 붕대 둘린 손목이 곡선을 그렸다. 조제는 빙긋이 웃었다.

"남다른 점이 있다고요? 어쩌면 당신 말이 맞는지도 모르죠. 어쨌든 이제 자살 기도는 하지 마세요, 엘리자베스."

'내가 좀 취했나봐. 두 모금에 취하다니 믿을 수 없어.' 엘리자베스에게서 멀어져가며 조제는 생각했다. 그때 누군가가 그녀의 팔을 붙잡았다. 세브랭이었다.

"조제, 방금 전 일에 대해 용서를 구하고 싶어. 내가 널 마음 아프게 했지?"

세브랭은 어쩔 줄 모르는 얼굴로 그녀에게 더 상처를 주지 않기 위해 낮은 소리로 부드럽게 이야기했다. 조제는 고개를 끄덕였다.

"네, 마음 깊이 상처받았어요, 세브랭. 하지만 당당한 얼굴을 하세요. 베티 데이비스가 나온 그 영화 기억나요? 그녀가 할리우드에서 성대한 파티를 열죠. 그런데 그 직전에 누군가 자기 애인을 뺏어갔다는 걸 알게 돼요."

"〈이브에 관한 모든 것〉." 세브랭이 놀라서 말했다.

"네." 조제는 손님들 쪽으로 걸어가며 중얼거렸다. '당신들 싸워봐, 그럼 처지가 곤란해질 테니.'

"처지가 곤란해질 거예요, 세브랭."

"누구 말이야? 로라? 앨런?"

"아뇨. 저요."

"그 탕녀 같은 화장은 또 뭐야? 조제……."

그가 바짝 그녀를 따라와 말했다. 그녀는 자기 잔 속에 얼음 조각 두 개를 찬찬히 넣고 있었다.

"어떻게 할 건데?"

세브랭은 웃음과 두려움 사이에서 양분되어 있었다. 조제의 각성은 재앙을 불러올 때가 많았기 때문이다.

"난 즐길 거예요, 세브랭. 간호사, 보이스카우트 역할을 하면서 죄인 행세까지 하자니 너무 힘들거든요. 난 즐길 거예요. 그런데 여기서는 그게 쉽지가 않네요. 기분이 너무 좋아서 손목이 아플 지경이에요."

"너 조심해야 돼. 흥분할 거 없어, 그러면……." 세브랭이 말했다.

그러나 그는 입을 다물었다. 방금 한 남자가 상냥한 얼굴로 미소 지으며 들어왔기 때문이다. 조제는 세브랭의 표정을 보고 뒤를 돌아보았다.

"이건 틀림없이 로라의 아이디어야." 세브랭이 말했다.

"마르크네요." 조제가 침착하게 말하고는 그를 만나러 갔다.

마르크는 변하지 않았다. 이목구비가 조금 지나칠 정도로 반듯해진 것을 빼면. 그는 어딘지 짜증 나게 하는 여유로움을 풍겼으며, 매 순간 기분 좋고 사교적인 태도였다. 조제를 보더니 그는 우스꽝스러운 공포의 표정을 짓다가 이내 그녀를 포옹했다.

"정말 오랜만이다! 여전히 내 삶을 망가뜨리고 싶은 거야? 안녕하세요, 세브랭."

"어디서 오는 거야?" 세브랭이 음울한 표정으로 물었다.

"스리랑카에서요. 신문사 일로 한 달 반 동안 가 있었습니다. 그 전에는 뉴욕에서 두 달, 런던에서 6주를 보냈고요. 그리고 돌아왔는데 제가 누굴 봤게요? 조제예요. 나를 초대해 준 도르 부인을 축복해야겠네요. 지난 2년 동안 뭘 했어, 조제?"

"결혼했어. 당신은 모르겠지만, 오늘 밤의 이 파티는 내 남편이 화가로 데뷔한 걸 축하하는 자리야."

"결혼했다고? 맙소사! 어디 보자, 그러니까 내가 제대로 이해한 거라면(그는 주머니에서 초대장을 꺼냈다) 네가 바로 애시 부인이야?"

"맞아."

조제는 웃었다. 마르크는 변한 것이 없었다. 예전에 그는 낮에는 일 많고 냉소적인 특파원 노릇을 했고, 밤이면 장차 자신이 연출할 걸작에 대해 그녀에게 이야기하곤 했다.

"애시 부인…… 너 전보다 훨씬 더 좋아 보인다. 같이 한잔하자. 너의 화가 남편은 놓아두고 나랑 결혼하자고."

"난 빠질게. 너희에겐 둘이서 풀어낼 추억이 있으니까." 세브랭이 말했다.

실제로 그들은 '그날 기억나……?'와 '그래서 어떻게 됐어……?'로 시작하는 대화를 나누며 한 시간가량을 보냈다. 조제는 자기 인생에서 그 기간이 그렇게 많은 추억을 남긴 것을, 특히 자신이 상기할 기쁜 일들이 무척이나 많다는 것을 미처 알지 못했다. 앨런에 대해서는 잊어버렸다. 앨런이 그들 옆을 지나가다가 "당신 재미있어?"라고 묻고는, 마르크에게 짐짓 방심한 눈길을 던졌다.

"네 남편이야? 나쁘지 않네. 게다가 재능도 있고." 마르크가 말했다.

“돈도 엄청 많아.” 조제가 웃으며 대답했다.

“그런데 넌? 넌 행복해?” 마르크가 물었다.

조제는 대답하지 않고 빙긋이 웃었다. 다행히도 마르크는 그 질문에서 멈추지 않았다. 그는 한 주제에서 다른 주제로, 한 태도에서 다른 태도로 끊임없이 미끄러지는 활력 넘치는 남자였다. 그 활력이 그를 파리에서 가장 변덕스럽고 유쾌한 남자로 만들었다. 조제는 그들의 짧았던 관계의 마지막 시간 동안 그가 얼마나 그녀를 지치게 했는지 떠올리고 조금 놀랐다. 그 정도로 이 순간 그와 함께 있는 것이 기분 좋았다.

“조제, 이리 좀 와봐요.” 로라가 그녀를 불렀다.

조제는 일어났고, 발밑의 바닥이 조금 꺼지는 느낌을 받고 미소 지었다. 로라는 앨런 그리고 이름 모를 어떤 남자의 팔을 양손으로 하나씩 잡고 있었다.

“당신을 마르크에게서 뺏어오게 되어 유감이에요.” 로라가 말했다. 앨런의 얼굴이 갑자기 창백해졌다. “하지만 장 페르데가 간절히 당신과 인사를 나누고 싶어해서요.”

조제는 페르데라는 남자와 그림에 관해 상투적인 대화를 나누었다. 그 남자는 한눈에 보기에도 조제와 무척이나 안

면을 트고 싶어했지만, 그녀와 대화하는 것은 원치 않았다. 결국 조제는 그 남자를 쫓아버렸다. 곧장 앨런이 그녀에게 다가왔다.

"저 사람이 마르크야?"

앨런이 잇새로 말했다. 그는 술을 많이 마신 것 같았고, 경미한 틱 증상으로 눈꺼풀이 떨리고 있었다. 조제는 그의 얼굴을 뚫어져라 바라보았다. 그를 노골적으로 비웃어주고 싶었다.

"그래, 저 사람이 마르크야."

"꼭 이발사 보조원처럼 생겼군."

"그때도 그랬어."

"그때의 추억들이 생각나?"

"그럼. 당신도 그 추억들 알잖아, 아니야?"

"당신이 이런 식으로 내 성공을 축하하다니 기분이 참 좋군."

"그래? 당신이 나에게 했던 말은 기억나?"

아마도 앨런은 사람들의 칭찬에 술까지 더해 그걸 조금 잊고 있었던 것 같다. 사실 그동안 그가 그림을 다시 시작할 기회가 몇 번 있었다. 그녀는 앨런에게서 돌아섰다. 오늘 밤의 파티가 비현실적인 것이 되었다. '앨런은 스스로 믿지도 않으면서 서툴게 그림을 그리고, 로라를 자살로 몰아넣고, 자기가 원하는 대로 하고 있어.' 조제는 생각했다. 그리고 다시 화장을 고치러 갔다.

욕실에 사람이 있어서 조금 먼 곳에 있는 로라의 욕실을 사용하기로 마음먹었다. 벽에 쿠션을 넣어 장식한, 발바리 두 마리가 편안히 쉬고 있는 파란 방을 가로질러 파란색과 금색으로 꾸며진 작은 욕실로 들어갔다. 여기서 로라가 매일 아침 앨런을 유혹하기 위해 자신의 매력을 점검하겠지. 이 생각에 조제는 슬며시 웃음 지었다. 거울 속에 비친 그녀의 눈은 부풀어 있고 색이 평소보다 연해 보였다. 그녀는 잠시 거울에 이마를 대었다.

"무슨 생각 해?"

마르크의 목소리에 조제는 소스라쳐 놀랐다. 마르크는 잡지 속 모델들에게서 가끔 볼 수 있는 무기력한 자세로 문틀에 기대어 서 있었다. 그녀가 그를 돌아보았고, 그들은 서로를 향해 빙긋이 웃었다. 그가 한발 다가와 그녀에게 몸을 맞대고 키스했다. 그녀가 조금 발버둥을 쳤고, 그는 그녀를 놓아주었다. "당신에게 좋았던 옛 시절을 떠올리게 해주려고 그런 거야." 마르크가 조금 쉰 목소리로 말했다.

'난 이 남자를 원해.' 조제는 생각했다. '이 남자 좀 웃기네. 무슨 재미없는 책처럼 말하고 있어. 난 이 남자를 원해.' 그가 욕실 문을 천천히 잠그고 그녀를 다시 끌어안았다. 그들은 옷을 벗기 위해 잠시 분투했고, 서투르게 바닥으로 미끄러졌다. 그 바람에 마르크가 욕조에 몸을 부딪쳐 욕설을 내뱉었다. 수도꼭지가 열려 있었고, 조제는 일어나서 수도꼭지를 잠가야겠다는 생각을 희미하게 했다. 하지만 이미 마르크가 그녀의 손을 잡아 자기 배에 대고 누르고 있었고, 그녀는 그가 늘 자신의 성 기능에 자부심이 있던 것을 떠올렸다. 그렇기는 했지만 그는 여전히 사랑의 행위를 재빨리 해치워버렸고, 조제는 세면대 안에 흐르는 물소리에 계속 신경이 쓰였다. 행위 후 그는 거칠게 숨을 몰아쉬며 그녀 위에 쓰러졌다. 장소의 협소함, 위험, 거실에서 들려오는 어수선한 소리 때문에 이 섹스의 기억은 이후 조제에게 섹스 자체가 가져다준 것보다 더 큰 혼란을 유발했다.

"일어나. 사람들이 우릴 찾으러 올지도 몰라. 만일 로라가……." 그녀가 말했다.

그가 일어나서 그녀에게 손을 내밀어 일어서도록 도와주었다. 다리가 후들거렸다. 그녀는 그것이 두려움 때문인지 궁금했다. 그들은 조용히 머리칼을 정돈했다.

"당신한테 전화해도 돼?" 마르크가 말했다.

"물론이지. 세브랭한테 번호 물어봐."

그들은 거울 속에서 서로를 바라보았다. 마르크는 스스로에게 무척 만족한 표정이었다. 조제는 조금 웃으며 그의 뺨에 키스하고 먼저 나갔다. 그녀는 알고 있었다. 그가 담배에 불을 붙이고, 마지막으로 한 번 더 머리칼을 매만지고, 마침내 가장 소질 없는 관찰자에게조차 의혹을 불러일으킬 만한 홀가분한 표정으로 밖으로 나올 거라는 걸. 하지만 조제 애시가 젊고 잘생긴 남편의 첫 전시회를 기념하는 날 5평방미터짜리 욕실에서 반쯤 옷을 벗은 채 지금은 사랑하지도 않는 옛 남자친구와 섹스를 했을 거라고 누가 믿겠는가? 예전에도 결코 사랑하지 않았던. 앨런도 그런 생각은 하지 못할 것이다.

그녀는 거실로 돌아가 과일 주스 한 잔을 집어들고 조심스레 하품을 했다. 늘 그렇듯 졸렸다. 사랑이 감흥 없는 행위로 끝났을 때 늘 그렇듯. 로라는 매우 기쁜 표정으로 앨런 주위에서 원을 그리며 이 그룹 저 그룹으로 팔락팔락 옮겨 다녔고, 앨런은 머리가 흐트러진 채 침울한 표정으로 페르데 씨 앞에 서 있었고, 페르데 씨는 즐겁게 수다를 떨고 있었다. 조제는 앨런이 있는 쪽으로 걸어갔지만, 로라가 그녀보다 앞서 도착했다.

"파티의 주인공이 몹시 흥분했네. 이봐요, 앨런. 당신 꼭 깡패처럼 보여요."

로라가 앨런의 넥타이 매듭을 바로잡아주었고, 앨런은 그녀를 보지도 않은 채 그녀가 하는 대로 내버려두었다. 바로 그 순간 조제는 그가 죽을 만큼 취했다는 걸 눈치챘다. 로라는 손을 들어 그의 흐트러진 머리칼을 쓸어넘겨주었고, 갑자기 앨런이 격한 몸짓으로 그녀에게서 빠져나왔다.

"아! 그만해요! 이만하면 오늘은 나를 충분히 주물럭거렸잖아요."

끔찍한 침묵이 내려앉았고, 로라는 번개라도 맞은 듯 그 자리에 얼어붙었다. 그녀는 조금 웃어보려 했지만 그러지 못했다. 앨런이 뿌루퉁한 표정으로 눈을 내리깔았다. 조제는 그를 향해 걸어가고 있는 자신을 발견했다.

"우리가 돌아갈 때가 된 것 같네."

그녀가 한 이 말에 담긴 유머는 택시를 탄 뒤에야 앨런에게 효과를 발휘했다. 앨런이 차창을 열었다. 바람이 조제의 머리칼을 흩뜨리고 한편으로는 그녀의 마음을 안정시켜주었다.

"당신 별로 상냥하지 못했어." 그녀가 말했다.

"그 여자가 그렇게 행동한 건, 내가 그녀와 두 번 시시덕거렸기 때문이 아니라…….” 나머지 말은 불분명한 웅얼거림 속에 묻혀버렸다.

조제는 의심스러워하는 눈길로 그를 돌아보았다.

“당신이 그녀와 시시덕거렸다고? 언제?”

“작업실에서. 정말 끈덕지게 괴롭히더군. 그 여자 나한테 완전히 흥분했다고.”

‘사람 속은 절대 알 수가 없구나.’ 조제는 생각했다. ‘앨런도 로라에게 자극을 받았겠지. 그래서 흥분 때문에 또는 잔인한 의도로 가끔 그녀를 애무했을 테고. 그가 그걸 알까?’ 조제는 그에게 질문했다.

“두 번이야. 그녀가 눈을 감고 한숨을 쉬었어. 난 곧바로 멈추고 사과했지. 당신에 대해, 그녀의 남편에 대해, 양심과 화가로서의 미래에 대해 이야기했어. 조제, 우리가 이 모든 거짓말에서 언제나 벗어날 수 있을까? 난 숨이 막혀. 우리 언제 키웨스트로 떠나?” 그가 말했다.

“거짓말은 당신이 하잖아. 당신만. 당신은 거짓말을 너무 좋아해.” 그녀는 서글프게, 천천히 말했다. 택시가 잿빛 거리를 달렸고, 나무들이 불빛에 반짝거렸다.

“그런데 마르크는?” 앨런이 물었다.

“아무 일도 없었어.”

그녀는 메마른 어조로 대꾸했고, 그러자 앨런도 더는 묻지 않았다.

다음 날 오전 정각 11시, 적절한 순간에 마르크에게서 전화가 왔다. 앨런은 샤워 중이었다. 그래서 조제는 오후에, 앨런이 갤러리 관장과 사진가들에게 붙잡혀 있을 시간에 만나기로 그와 약속을 잡을 수 있었다. 이 약속을 잡으면서 그녀는 아무런 기쁨도 느끼지 못했다. 단지 뭔가에 몰두하려는, 그녀가 너무나 오랫동안 품어온 자기 자신에 대한 관념을 없애보려는 의지만을 느꼈을 뿐이다. 잠시 후 앨런이 욕실에서 나와 로라에게 전화를 걸었다. 그는 전날의 소동은 불가피한 것이었고 그녀가 그의 입장을 충분히 이해했을 거라 생각한다고 차가운 말투로 선언했다. 수화기 너머에서 아연실색한 침묵이 흘렀고, 옷을 갈아입던 조제는 동작을 멈추었다.

"조제는 우리의 관계가 단순한 우정의 선을 조금 넘었다고 생각합니다." 앨런이 조제에게 미소를 보내며 이어서 말했다. "조제는 다정한 여자지만 병적인 질투심이 있어요. 그래서 조제를 안심시키고, 역할을 바꾸고, 그녀로 하여금 당신이…… 그러니까 당신 쪽에서 먼저 나에게 호감을 가졌다고 믿게 하고 싶었습니다."

앨런은 붉은 가운으로 몸을 감싼 채 침대 가장자리에 앉아 있었다. 통화하면서 그는 조제에게서 눈을 떼지 않았다. 조제는 당황한 채 그의 앞에 서 있었다. 그가 조제에게 수화기를 내밀었고, 조제는 기계적으로 그것을 받아들었다.

"나도 그럴 거라고 생각했어요." 로라가 변질된-그러나 무척이나 안심한-목소리로 말했다. "앨런, 나의 친구, 그 누구도 당신과 나 사이의 친밀함을 의심할 순 없어요. 하지만 우리는 다른 사람들을 아프게 할 권리가 없죠. 그리고……."

조제는 수화기를 침대에 홱 던져버렸다. 두려웠다. 그녀는 앨런을 바라보았다. 앨런은 변함없이 부드럽고 정중한 어조로, 일종의 혐오감을 느끼며 계속 이야기하고 있었다. 그는 로라에게 오후에 갤러리에서 만나자고 말하고는 전화를 끊었다.

"잘됐어. 이 반전 당신도 봤지?" 그가 외쳤다.

"이 모든 사건들로 인해 당신에게 무슨 일이 일어날지 난 정말 모르겠어." 조제가 목소리를 억누르며 말했다.

"아무 일도 없을 거야. 당신은 왜 나에게 무슨 일이 일어나길 원해? 바로 이게 우리 사이의 큰 차이점이야, 조제. 당신이 결혼한 건 아이를 갖기 위해서였고, 마음에 드는 남자에게 말을 건네는 건 침대로 가기 위해서지. 나는 욕망하지도 않는 여자에게 수작을 부리고, 스스로 믿지도 않으면서 그림을 그리고 말이야. 이것뿐이야."

그가 갑자기 농담을 멈추고 그녀에게 다가왔다.

"난 이유를 모르겠어. 인생이라는 이 거대한 소극笑劇 속에서 난 나에게 맡겨진 역할들을 연기하지 않을 거야. 내가 애인과 그림 이야기를 하는 동안 당신은 뭘 할 거야?"

"마르크와 사랑을 할게." 조제가 쾌활하게 대꾸했다.

"조심해, 내가 당신을 미행할 거니까." 앨런도 웃으며 말했다.

그들이 센트럴 파크에서 함께 산책하던 것을 떠올리며 조제는 가슴에 묘한 통증을 느꼈다. 처음에 그녀는 조심스럽게 그를 알아가려고 노력했다. 그녀가 유발한 상냥함, 관심, 온화함의 주체인 그 거대한 중심을 말이다. 누구든 한 존재를 사랑하기 시작할 때 그러듯이.

그들은 비싼 비스트로에서 굴과 치즈로 점심을 먹었고 – 앨런은 하얀 식탁보가 깔린 곳에서만 식사를 할 수 있었다 –, 2시 반에 헤어졌다. '나는 미행당하고 있어.' 조제는 생각했다. 그리고 미행하는 사람을 힘들게 하지 않으려고 천천히 걸었다. 아마도 날 미행하는 사람은 나이 들고 신세가 보잘것없고, 자기 일에 지친 사람이겠지. 혹시 석 달 뒤 그 사람이 그녀에게 막연한 애정을 느낀다 해도……. 그런 일이 일어날까? 어쨌든 그녀는 그 미행자를 마르크가 기다리고 있는 카페로 데려갔다. 마르크가 즐거운 비명을 지르며 그녀를 맞이했고, 그녀는 혼미한 정신으로 그를 바라보았다. 어제는 무슨 착오에 의해 이 남자가 유쾌하다고 생각했을까? 마르크가 거드름을 피우며 이야기했다. 그에게서 라벤더 향이 났다. 그는 모든 사람에게 인사를 했다. 하지만 그녀는 오직 하나의 이유 때문에 여기에 왔다. 혹은 하나의 무분별 때문에.[11] 왜냐하면 이런 상황에서조차 그녀는 이 남자보다 앨런을 천 배는 더 좋아했기 때문이다. 그녀는 한두 번 과장된 미소를 흘렸다. 마르크가 곧바로 일어섰다.

"당신도 원하지?" 그가 물었다.

그녀는 고개를 끄덕였다. 그랬다, 그녀는 원했다. 하지만 무엇을? 기분전환? 앨런이 옳다고 인정하고 난잡하게 스스로를 망치는 것? 마르크가 벌써 그녀를 이끌고 있었다. 그들

11 프랑스어로 '이유'가 'raison', '무분별'은 'déraison'이어서 운을 맞춰 이렇게 표현했다.

은 특파원들이 좋아하는, 폭음을 내는 작은 스포츠카에 올라탔고, 마르크는 그녀를 겁주기 위해 두세 번 아슬아슬하게 커브를 틀었다. 그는 거드름을 피우긴 했지만, 그래도 조금 당황한 것 같았다.

마르크의 스튜디오를 채우고 있는 노골적으로 큰 침대 덕분에 상황은 더 편안하게, 전날과 마찬가지로 흘러갔다. 끝난 뒤 그가 담배에 불을 붙여 그녀에게 건네주더니 질문을 시작했다.

"말해봐, 네 남편 어때? 너 그 사람을 사랑하지 않지? 아니면 그 사람이 재능이 없다고 해야 하나? 사람들 말이, 미국인들은……."

"질문하지 마." 조제가 메마른 어조로 말했다.

"어쨌든 난 네가 날 사랑한다는 걸 믿을 수가 없어, 안 그래?"

'안 그래?'라고 묻는 억양이 걸작이었다. 조제는 슬며시 웃고는 기지개를 켰다. 그런 다음 담배를 재떨이에 짓이겨 껐다.

"아니. 전혀 사랑하지 않아. 난 지금 망가뜨리려는 거야. 내가 꽤나 애착을 느껴온 뭔가를." 그녀가 말했다.

그녀는 서글픈 심정이 되었다.

"왜?"

그는 '아니'라는 대답에 담긴 명백한 진실에 기분이 조금 상한 것 같았다.

"그냥 그러니까." 그녀가 대답했다.

"그 사람이 그걸 알까?"

"그가 사람을 고용했고, 그 사람이 저 아래에서 날 기다리고 있어. 사설탐정 일을 하는 사람이겠지."

"뭐라고?"

마르크가 반색했다. 그는 펄쩍 뛰어 창가로 갔지만 아무도 보이지 않았다. 하지만 조제를 재미있게 해주려고 사나운 표정을 했고, 그다음에는 불안한 표정을 짓더니, 갑자기 조제를 품에 안았다. 조제는 웃음을 터뜨렸다.

"네가 웃을 때 참 좋아."

"내가 전에 많이 웃었어?"

"어느 때 전에?"

조제는 '앨런을 만나기 전에'라고 대답할 뻔하다가 참았다.

"내가 뉴욕으로 떠나기 전에."

"응, 굉장히 자주 웃었지. 넌 무척 즐거워했어."

"그때 난 스물두 살이었어. 아니지, 내가 언제 널 알게 됐지?"

"거의 그때쯤일 거야. 그런데 그건 왜?"

"지금은 스물일곱 살이잖아. 상황이 변했어. 이제 난 그때만큼 웃지 않아. 게다가 전에는 사람들과 어울리려고 술을 마셨는데, 지금은 사람들을 잊으려고 술을 마셔. 웃기지, 안 그래?"

"그렇게 보이지 않아." 그가 투덜댔다.

조제는 그의 뺨을 손으로 쓰다듬었다. 그는 특파원 일과 스튜디오와 손쉬운 정복들 사이를 오가며 자신의 작은 삶을 살고 있었다. 그는 선량했고 말이 많았다. 친절한 사람의 전형이었다. 그는 단순했고, 권태로워했고, 자신에게 만족했다. 조제는 한숨을 쉬었다.

"그만 가야겠어."

"정말로 네가 미행당하고 있다면 무슨 일이 일어날까?"

마르크는 이 말을 하면서 빙긋이 웃었고, 조제는 눈썹을 찡그렸다.

"내 말을 못 믿는 거야?"

"응. 너에겐 항상 기상천외한 사건들이 일어났어. 난 그게 참 좋았고. 우린 그게 참 좋았지. 너 자신이 그걸 믿지 않은 만큼 더더욱."

조제가 말했다. "내가 제대로 알아들은 거라면, 내가 유쾌한 미친 여자였다는 거네."

"지금도 여전히 그래." 마르크가 이야기를 시작하려다가 멈췄다.

그들은 서로를 바라보았다. 그리고 처음으로 마르크는 자신이 이 모호한 상황에서 벗어날 수 있을지 자문했다. 그러자 기분이 나빠졌고, 부산스럽게 조제를 집으로 데려다주었다. 조제의 집 앞에서 그가 망설이다 말했다.

"내일은 어떻게 할까?"

"내가 신문사로 전화할게."

조제는 계단을 천천히 올라갔다. 저녁 7시였다. 그녀가 갈색 머리의 젊은 남자와 함께 3시 반에 프티샹 로의 스튜디오에 갔고 2시간 뒤에야 거기서 나왔다는 걸 앨런은 이미 알고 있을 것이다. 열쇠를 찾는 그녀의 손이 떨렸다. 하지만 돌아와야 한다는 걸, 그것이 유일한 해결책이라는 걸 그녀는 알고 있었다.

앨런은 집 안에 있었다. 석간신문을 손에 든 채 소파에 누워 있었다. 그가 그녀에게 미소 짓고는 손을 내밀었다. 그녀는 그의 옆에 앉았다.

"당신 콩고의 상황이 굉장히 심각하다는 거 알지. 브뤼셀에서는 비행기가 추락했대. 요 며칠간 신문들의 분위기가 침울해."

"로라는 만났어?"

조제는 이 마지막 평화의 순간을, 그가 속으로는 분노에 떨고 있지만 아직 친구처럼 그녀와 이야기할 수 있는 이 순간을 필사적으로 음미하고 있었다.

"물론이지. 로라를 만났어. 그 여자 무슨 모사가 같아."

앨런은 무척 쾌활했다. 조제는 잠시 망설이다 물었다.

"당신 보고 받았어?"

"보고?"

"날 미행한 사설탐정한테 말이야."

앨런이 웃음을 터뜨렸다.

"당신 무슨 생각을 하는 거야! 그건 내가 여기에 온 첫 2주간의 얘기라고. 만약 당신한테 만나는 사람이 있다면, 우리의 좋은 친구들이 나에게 알려주겠지."

이 말을 들은 조제는 갑자기 누그러져서 그의 팔을 베고 옆에 누웠다. 커다란 감미로움이 그녀를 감쌌다. 그녀에겐 선택의 여지가 있었다. 하지만 그것이 사실이 아니라는 걸, 그녀가 에어컨이 가동되는 뉴욕의 술집에서 앨런을, 그녀를, 그들의 실패를 생각하며 베르나르의 어깨에 기대어 흘린 눈물이 깊은 진실에 상응한다는 걸 그녀는 알고 있었다. 그녀가 자신의 몸 옆에 놓인 이 고요한 몸에 대해 그리고 그녀의 머리 아래 있는 이 든든한 팔에 대해 갖고 있는 습관보다 더 깊은. 이날 그녀가 자신이 이 이야기를 베르나르에게도 자기 자신에게도 진짜 이야기처럼 할 수 없다는 걸 깨달은 순간 그들의 이야기는 죽어버렸다. 그녀의 결혼의 진실은 너무나 연약한 동시에 너무나 정열적이었고, 애정·기쁨·악의의 순간들이 두루 존재했다. 그것은 대화도 공유도 아니었다. 그녀는 한숨을 쉬었다. 앨런의 손이 그녀의 머리칼을 부드럽게 어루만졌다.

조제는 짙은 색 들보, 밝은 색의 벽, 방 안의 그림 몇 점을 눈으로 둘러보았다. '내가 얼마나 오래 여기에 살까? 다섯 달? 여섯 달?' 그녀는 눈을 감았다. '그리고 내 옆에서 조용히 숨 쉬는 이 남자와 얼마나 오래 살까? 2년 반? 3년? 나는 어떻게 해야 할까? 누구와 함께 어디로 가야 할까?' 이 모든 질문이 그녀에게는 절박하면서도 터무니없게 느껴졌다. 모든 질문의 답은 그녀가 입을 열고 할 짧은 말에 달려 있었지만, 그녀의 몸 전체, 그녀의 얼굴 근육 전체가 말하기를 거부하고 있었다. '기다려야 해.' 그녀는 생각했다. '다른 이야기를 하고, 숨을 쉬고, 그런 다음에 쉽게, 단번에 말할 수 있을

거야.'

"마르크에 대해 좀 더 말해봐." 앨런이 빈정대는 목소리로 말하고는 조제의 머리칼에서 손을 빼냈다.

"그 남자 집에서 함께 오후를 보냈어." 조제가 말했다.

"나 농담하는 거 아니야." 앨런이 말했다.

"나도 마찬가지야."

잠시 침묵이 흘렀다. 이윽고 조제가 이야기를 시작했다. 조제는 모든 것을 자세히 이야기했다. 그 스튜디오가 어땠는지, 그가 어떤 식으로 그녀의 옷을 벗겼는지, 그들의 자세, 그들의 애무, 그가 그녀를 안으며 무슨 말을 했는지, 그리고 어떤 요구를 했는지. 그녀는 매우 정확한 단어를 사용했고, 실제로 기억을 정확히 되살리려 노력했다. 앨런은 꼼짝 않고 있었다. 마침내 조제가 이야기를 마쳤을 때, 그는 묘한 한숨을 내쉬었다.

"당신 그 모든 이야기를 왜 나한테 하는 거야?"

"당신이 나에게 묻지 않게 하려고."

"또 그럴 거야?"

"물론이지."

사실이었다. 그리고 그가 그걸 알아야 했다. 조제는 앨런 쪽으로 고개를 돌렸다. 앨런은 괴로워하는 표정은 아니었다. 오히려 실망한 표정이었고, 그것이 조제의 생각을 확인해주었다.

“내가 뭐 잊은 거라도 있어?”

“아니.” 앨런이 천천히 대답했다. “넌 모든 걸, 나의 흥미를 끄는 모든 걸 말한 것 같아. 내가 상상할 수 있는 모든 걸.” 그가 몸을 일으키며 큰 소리로 말했다. 그리고 아마도 처음으로 증오를 담아 그녀를 바라보았다.

그녀는 아랑곳하지 않고 가만히 있었다. 갑자기 앨런이 무릎을 꿇더니, 몸을 흔들며 눈물 없이 흐느꼈다.

“내가 무슨 짓을 한 거지.” 그가 중얼거렸다. “내가 당신한테 무슨 짓을 한 거야. 우리가 무슨 짓을 한 거냐고!”

조제는 대답하지 않았다. 그냥 꼼짝 않고 커다란 공허가 자기 내면에 자리 잡는 소리에 귀 기울였다.

“난 당신의 모든 걸 원했어. 최악의 것까지.” 그가 말했다.

“난 더는 어쩔 도리가 없어.” 그녀가 간단히 말했다.

그가 고개를 들었다. 그리고 마지막 시도를 했다.

“그건 실수였어.”

그는 그녀가 마르크와 보낸 하루에 대해 언급하지 않고 자기 이야기를 했다. 그녀도 그걸 알고 있었다.

“매번 비슷할 거야. 게임은 끝났어.” 그녀가 천천히 말했다.

그들은 기진맥진한 두 명의 투사처럼 서로에게 몸을 붙인 채 오래도록 있었다.

* 옮긴이의 말 *

사랑은 음산한 농담일까

프랑수아즈 사강은 19세 나이에 프랑스 문단에 혜성처럼 등장해 개성 넘치고 자유분방한 필치로 대중과 평단의 관심을 집중시켰다. 『신기한 구름Les Merveilleux Nuages』(1961)은 그가 다섯 번째로 발표한 소설이다. 1957년에 출간된 세 번째 소설 『한 달 후, 일 년 후』에 등장했던 여주인공 '조제'가 이 소설에 다시 등장한다. 조제라는 여주인공을 연이어 등장시킨 것을 보면 사강이 이 인물에게 특별한 애정을 가졌던 듯하다.

조제는 부유한 가정에서 남부러울 것 없이 자란 이십 대 여성이다. 파리에서 화려하고 자유로운 삶을 즐기던 중 앨런이라는 미국인 남성과 결혼해 미국 뉴욕으로 이주했지만, 결혼 생활에 어려움을 겪고 있다. 그들은 서로를 사랑하지만 미묘한 어긋남들이 그들을 끊임없이 어려움에 빠뜨린다. 표면적으로는 조제를 향한 앨런의 집착 어린 사랑이 문제인 것 같기도 하다.

플로리다의 키웨스트에서 휴가를 보내던 중 급기야 조제가 충동적으로 외도를 시도한 뒤 그 사실을 보란 듯이 앨런에게 알리고, 휴가를 마치고 뉴욕으로 돌아가 지내던 중 아무에게도 알리지 않고 프랑스로 달아나버린다. 앨런은 새 책의 홍보차 뉴욕에 와 있던 조제의 옛 남자 친구 베르나르와 함께 프랑스로 쫓아와 조제를 찾는다. 프랑스에서 재회한 두 사람은 관계를 다시 이어가지만, 서로의 감정을 도발하면서 상황은 자꾸 어긋나기만 한다.

파리에서 조제와 재회했을 때 앨런은 그녀에게 이렇게 말한다.

"어리석은 일이야, 조제, 당신도 알겠지만. 누가 살고 싶다고 했어? 어떤 사람이 함정과 미끄러운 마루판이 잔뜩 있는 시골집에서 주말을 보내라고 우릴 초대한 느낌이야. (……) 당신은 어떻게 우리가 서로 이해하고, 서로 사랑하고, 서로를 알 시간을 가지길 바라? 이 음산한 농담은 대체 뭐야? 당신은 아무것도 깨닫지 못하고 있어. 언젠가 아무것도 남지 않는 날이 올 거야. 어둠, 부재, 죽음만 남는 날이."

자신들의 파국을 예견하고 있는 듯한 말이다.

작품 속에서 조제가 하는 행동들은 쉽게 이해되지 않고,

가끔은 무척이나 충동적으로 느껴진다. 그러나 그녀는 인생에 대한 달콤한 환상이 조금도 없으며 매우 담담하고 이성적인 태도로 삶을 바라본다. “사람들은 그녀를 사랑했다. 그런데 그녀는 그 사랑을 가지고 아무것도 하지 않았다. 다른 사람들의 손안에 든 먹이를 조금씩 갉아먹었을 뿐이다. 그녀는 스스로를 사랑하지 않았다”라고 화자가 말했듯이, 어쩌면 그녀의 유일한 문제는 스스로를 사랑하지 않은 것이었을까?

프랑수아 모리아크는 사강을 일컬어 ‘매혹적인 악마’라고 했는데, 어쩌면 이 작품의 여주인공 조제는 사강의 그런 면모를 가장 잘 구현하는 인물인지도 모르겠다.

작품의 제목 ‘신기한 구름’은 조제가 뉴욕에서 비행기를 타고 파리로 떠나올 때 비행기 창문을 통해 내다본 하늘의 모습에서 따온 것이다. 다양한 색의 구름들이 삶의 기로에 선 조제의 심경과 앞날을 처연하게 시각화해서 보여준다.

2021년 가을
최정수